善本宋元名家詞三種

善本宋元名家詞三種

中華書局 編

中華書局

圖書在版編目(CIP)數據

善本宋元名家詞三種/中華書局編. —北京:
中華書局, 2016.1
ISBN 978-7-101-11286-3

Ⅰ. 善… Ⅱ. 中… Ⅲ. ①宋詞—選集②詞(文學)
—作品集—中國—元代 Ⅳ. I222.84

中國版本圖書館 CIP 數據核字(2015)第 237729 號

責任編輯:蔡宏恩 李曉明
封面設計:蔡立國

微信 新浪微博

善本宋元名家詞三種
中華書局 編
*
中 華 書 局 出 版 發 行
(北京市豐臺區太平橋西里 38 號 100073)
http://www.zhbc.com.cn
E-mail:zhbc@zhbc.com.cn
三河市百福春印刷有限公司印刷
*
889×1194 毫米 1/16 · 20 印張
2016 年 1 月北京第 1 版 2016 年 1 月三河第 1 次印刷
定價:980.00 元

ISBN 978-7-101-11286-3

出版説明

中國古代文學題材豐富、文體多樣，詩詞歌賦，世所稱頌。它們或書於簡册，或存諸紙帛，載體不一。其中，雖然已有不少爲今人所整理出版，取閱方便，但爲數更多的則被深藏館閣，難以寓目。又，經過整理，其原本如何，不觀舊書即無從知曉。因此，本編輯部特於國家圖書館所藏善本古籍中精心選編刊印，存其舊貌，以饗讀者。

本書選編集部詞曲類善本古籍三種，分别爲宋向子諲撰《酒邊詞》二卷、宋王灼撰《碧雞漫志》五卷、元白樸撰《天籟集》二卷《摭遺》一卷。它們或爲名家刊刻，或經名家校跋，内容上各具特色，有很高的版本價值和文獻價值。現就書之版本、内容和編輯事宜等，擇要述之，供讀者參考。

《酒邊詞》二卷，宋向子諲撰。清光緒十四年汪□刻宋名家詞本。一册。半葉十一行二十字，左右雙邊，黑口。版框高十五點三釐米，寬十一點九釐米。書前有宋人胡寅序，書後有明人毛晋跋。書中鈐「仲懌眼福」白文方印。此本經清人章鈺據毛抄本精校，凡與該本相異者，皆用朱筆或就字校改，或注於天頭。全書共收詞一百七十八首，分爲上、下兩卷，後期所作「江南新詞」在前，前期所作「江北舊詞」在後。從内容來看，多爲郊遊宴飲、唱和酬酢之作，然其一觴一咏，不唯詩酒風流，而國恨家讎，亦在詞中。向氏所處之時代，恰是兩宋之交，靖康國難，北宋覆亡，宋室南渡，時空驟變，深刻地影響着詞壇風氣。此「新詞」「舊詞」之別，正是兩宋詞風嬗變的活「標本」。

《碧雞漫志》五卷，宋王灼撰。明抄本，錢曾校跋。二册。半葉十一行二十字，四週雙邊，白口。版框高二十點八釐米，寬十三點五釐米。書中鈐有「初照樓」「季海」「毛晋」「汲古主人」「子晋」「長宜子孫」「汲古閣」「四明盧氏抱經樓藏書印」「琴隺主人」「毛晋私印」「聽松風處」「汲古得脩綆」「毛氏子晋」「毛晋之印」「卓爲霜下傑」「子晋書印」「弦歌草堂」等印。此本經著名藏書家錢曾據毛氏汲古閣本親自校跋，凡字之訛誤脱衍，均用朱筆一一校改注出。現存《碧雞漫志》有五卷本和一卷本兩種，五卷本爲足本。五卷本中，又以錢校本内容最爲完整。該書爲宋代詞論之一種，作者王灼從曲之起源入題，溯其源流，進而品評宋代詞人詞作，述其風格流變，最後考證曲調，「核其名義，正其宫調」（《四庫全書總目》卷一九九）。讀者可以前後參閲，發其精微，從此書中窺知宋代詞論之一斑。

《天籟集》二卷《摭遺》一卷，元白樸撰。清康熙楊友敬刻本。一册。半葉九行二十一字，四週單邊，白口。版框高十七點六釐米，寬十二點三釐米。書前有朱彝尊、孫大雅、王博文序，書後有楊友敬、王皜、姜穎新等跋。書中鈐有「延古堂李氏珍藏」「穀士」「古瞜擁百城樓主人珍藏書畫印記」「竹垞」「朱氏錫鬯」「王蓍印」「宓草」「皜」「又皜」「雪蘿」「友敬」「姜穎新印」「敬」「希洛」「芷田」「材」「廖世蔭印」等朱印。白樸爲元曲四大家之一，字仁甫，後改字太素，號蘭谷。因其曲名過盛，詞名不得表彰，致使其詞集《天籟集》歷數世而難得刊行，至清楊友敬刊刻之時，其詞已散佚逮半。實際上，白樸之詞，「清雋婉逸，意愜韻諧，可與張炎《玉田詞》相匹」

（《四庫全書總目》卷一九九）。是書刊刻之前，楊友敬特囑著名學者、藏書家朱彝尊校訂並作序。朱將其分爲兩卷，存詞一百零八闋，是爲《天籟集》二卷；楊友敬又采録他書所載白氏散曲小令，編爲《摭遺》一卷，書後附清代洪昇（號稗畦）《檃括蘭亭序》。此書之校、刊，自康熙庚辰至己丑，歷時十餘載，是現存最早的刻本。

本書在編輯製作過程中，采用高清拍照技術，全彩影印，紙墨色調、版框尺寸皆一仍其舊，最大限度地保留了原書信息，願讀者在紙墨書香中細細品讀，皆有所得。本書編排中若有不當之處，祈望方家指正。

中華書局編輯部

二〇一五年十月

目録

天籟集……一八三

酒邊詞二卷

◎

〔宋〕向子諲撰

清光緒十四年汪□刻宋名家詞本　章鈺校

題酒邊詞

詞曲者古樂府之末造也古樂府者詩之旁流也詩出于離騷楚詞而離騷者變風變雅之怨而迫哀而傷者也其發乎情則同而止乎禮義則異名曰曲以其曲盡人情耳方之曲藝猶不逮焉其去曲禮則益遠矣然文章豪放之士鮮不寄意於此者隨亦自掃其跡曰謔浪遊戲而已也唐人爲之最工者柳耆卿後出掩衆製而盡其妙好之者以爲不可復加及眉山蘇氏一洗綺羅香澤之態擺脫綢繆宛轉之度使人登高望遠舉首高歌而逸懷浩氣超然乎塵垢之外於是花間爲皂隸而柳氏爲輿臺矣薌林居士步

趨蘇堂而嚌其胾者也觀其退江北所作於後而進江南所作於前以枯木之心幻出葩華酌元酒之尊棄置醇味非染而不色安能及此余得其全集於公之外孫汶上劉荀子卿反復厭飫復以歸之因題其後公宏才偉績精忠大節在人耳目固史載之矣後之人昧其平生而聽其餘韻亦猶讀梅花賦而未知宋廣平歟武夷胡寅題

酒邊詞目錄

江南新詞

江北舊詞

酒邊詞集目錄終

據毛鈔宋本校
毛鈔本頁八行行大十四字小字雙行南題並題低三字小十三字白口無欄上記字數下記頁一字不全
文異者注本字旁
筆墨異同就字改之

毛鈔本頁作一下仿此

宋本 朱文腰圓印 甲 朱文方印
毛晉私印 汲古主人 毛扆之印 斧季 均朱文方印
思賢藏書 白文長方印

酒邊詞卷上

薌林 宋 向子諲 伯恭

江南新詞

滿庭芳 巖桂風韻高古平生心醉其間昔轉漕淮南嘗手植堂下薌林此花爲多戲作是詞當邀徐師川諸公同賦

月窟蟠根靈巖分種絕知不是塵凡琉璃剪葉金粟綴花繁黃菊周旋避舍友蘭蕙羞殺山樊清香遠秋風十里鼻觀已先參　酒闌聽我語平生半是江北江南經行處無窮綠水青山常被此花相惱思共老結屋中間不因薌林底事游戲到人寰

又 巖桂薌林改張元功所作

毛鈔一頁作山下仿此

瑟瑟金風團團玉露巖花秀發秋光水邊一笑十里得清香疑是蕊宮仙子新妝就嬌額塗黃霜天晚妖紅麗紫回首總堪傷　中央孕正色更留明月偏照何妨便高如蘭菊也讓芬芳輸與薌林居士微吟罷閑據胡牀須知道天教尤物相伴老江鄉

驀山溪 紹興乙卯大雪行鄱陽道中

瑤田銀海皓色難爲對琪樹照人間曉然是華嚴境界萬年松徑一帶舊峯巒深掩覆密遮藏三昧光無礙　金毛獅子打就休驚怪片片上紅爐且不可將情作解有無不道低絕去來今明即暗暗還明只箇長不昧

又（王明之曲薌林易置十數字歌之）

挂冠神武來作煙波主千里好江山都盡是君恩賜與風勾月引催上泛宅時（泛宅郎公所賜舟也上批云泛宅可永充子謹乘坐因名其舟曰泛宅）酒傾玉鱠堆雪總道神仙侶　蓑衣篛笠更著些兒雨橫笛兩三聲晚雲中驚鷗來去欲煩妙手寫入散人圖蝸角名蠅頭利著甚來由顧

又（老妻生日作十二月初七日）

一陽才動萬物生春意試說與宮梅到東閤花枝第幾疎疎淡淡冷豔雪中明無俗調有眞香正與人相倚　怕煙怕霧端色門闌喜再拜引杯長看兩頰紅潮欲起天教難老風鬢綠如雲對玉筍與薌林歲歲

毛鈔無半字

花前醉

水龍吟　紹興甲子上元有懷京師

華燈明月光中綺羅絃管春風路龍如駿馬車如流水輭紅成霧太乙池邊葆真宮裏玉樓珠樹見飛瓊伴侶霓裳縹緲星回眼蓮微步　笑入綵雲深處更冥冥一簾花雨金鈿半落寶釵斜墜乘鸞歸去醉失桃源夢回蓬島滿身風露到而今江上愁山萬疊鬢絲千縷

又　甲子季冬丁亥冒雪與晁叔異劉子駒兄弟皆北客同上雪臺登連輝觀梁使君遺酒仍與北梨俱醉薌林堂上相與聯句云西北通無路東南偶共期穿林行鳥路踏雪噍鵞梨吳大年方病起不能同此樂得大年水龍吟詞過之夜歸月色如晝亦賦一首

毛鈔無願字

夢回寒入衾裯曉驚忽墮瑤林裏穿帷透隙落花飛
絮難窮巧思著帽披裘挈壺呼友倚空臨水望瓊田
不盡銀濤無際浮皓色來天地　遙想吳郎病起政
冷窗微吟擁鼻持牋贈我新詞絶唱珠零玉碎餘興
追遊清芬坐對高談傾耳晚歸來風掃停雲萬里月
華如洗

八聲甘州　中秋前數夕久雨方晴

恨中秋多雨及晴景追賞且探先縱玉鈎初上冰輪
未正無素嬋娟飲客不來自酌對影亦清妍任笑蕭
林老雪鬢霜髯　好在章江西畔有淩雲玉筍空翠
相連懶崎嶇林麓則窈窕溪邊自斷此生休問願願

毛鈔云世字是下有更字

甕中長有酒如泉人世間是誰得似月下尊前

又　丙寅中秋對月

掃長空萬里静無雲飛鏡上天東欲騎鯨與問一株丹桂幾度秋風取水珠宫貝闕聊爲洗塵容莫放素娥去清影方中　玄魄猶餘半璧便笙簧萬籟尊俎千峰况十分端正更鼓舞衰翁恨人生時乎不再未轉頭歡事已沉空多酌我歲華好處浩意無窮

水調歌頭　大觀庚寅閏八月秋鄭林老顧子美汪彥章蕭庭鑒時在諸公幕府間從遊者洪駒父徐師川蘇翔固及李商老兄弟是夕登臨賦詠樂甚俯仰三十九年所存者余與彥章耳紹興戊辰再閏感時撫事爲之太息因取舊詩中師川一二語作是詞

閏餘有何好一年兩中秋補天修月人去千古想風

流少日南昌幕下更得洪徐蘇李快意作清遊送日眺西嶺得月上東樓　四十載兩人在總白頭誰知滄海成陸萍跡落南州忽問神京何在幸有薌林秋露芳氣襲衣裘斷送餘生事惟酒可忘憂

又　靈隱寄云與洛濱老人及鈞翁過最樂堂醉中秋月用鄙韻有妙唱得賦一首庶異時不爲堂上生客耳

我生六十四四度聞中秋碧天千里如水明月更如流照我洛濱詩伯攜手僊鄉靈隱閬苑與同遊人醉玉相倚不肯下瓊樓　薌林老章江上幾回頭賸欲控鶴瀛海聊下越王州直入白雲深處細酌仙人九醞香霧盡侵裘共看一笑粲以爲我忘憂

又　再用前韻答任令尹

飄飄任公子，爽氣欲橫秋。向日攜詩過我，知不是凡流。築室清江西畔，巧占一川佳處，勝士日追遊。邀我出門去，拄月上新樓。　爛銀盤，從樹杪，出雲頭。好是風流從事，同醉入青州。須信人生如幻，七十古來稀有，銷得幾狐裘。誰似薌林老，無喜亦無憂。

洞仙歌　中秋

碧天如水，一洗秋容淨。何處飛來大明鏡。誰道斫却桂，應更光輝，無遺照，寫出山河倒影。　人猶苦餘熱，肺腑生塵，移我超然到三境。問姮娥，緣底事，有盈虧，煩玉斧運風重整。教夜夜、人世十分圓，待拚却長年

鈕案柱字或跨之誤

天云表裏山河見影

上六字毛鈔在影字下夾注

醉了還醒

滿江紅 奉酬曾端伯使君兼簡趙若盧監郡

雁陣橫空，江楓戰、幾番風雨。天有意、作新秋令，欲鏖殘暑。籬菊巖花俱秀發，清芬不斷來窗戶。共驩然、一醉得黃昏，仍叔度。　尊前事，塵中去。拈花問，無人語。薌林顧靈照，笑撫庭樹。試舉似虎頭城太守，想應會得玄玄處。老我來、懶更作淵明，閑情賦。

虞美人 與趙正之宛邱執別，俯仰十有餘年，忽邂逅相逢，又爾語別，作是詞以送

淮陽堂上曾相對。笑把姚黃醉。十年離亂有深憂。白髮蕭蕭同見渚江秋。　屐聲細聽知何處。欲上星辰去。清寒初溢暮雲收。更看碧天如水月如流。

兼示栖隱亭老 上六字毛鈔在之字下

又 明年過彭蠡遇大風行巨浪中用前韻寄趙正之及洪州李相公兼示開元栖隱二老

銀山堆裏蘆山對舟子愁如醉笑看五老了無憂大覺胸中雲夢氣橫秋 若人到得歸元處定一齊銷去直須聞見泯然收始知大江東注不曾流

又 中秋與二三禪子方論十玄談趙正之復以長短句見寄乃用其韻語答之

澄江霽月秋無對麴酒何須醉人憐貧病不堪憂誰識此心如月正含秋 再三撈漉方知處試向波心去迢迢空劫勿能收謾道從來天地與同流

又 梅花盛開走筆戲呈韓叔夏司諫

江頭苦被梅花惱一夜霜鬚老誰將冰玉比精神除是淩波卻月見天真 情高意遠仍多思只有人相

似滿城桃李不能春獨向雪花深處露花身

蝶戀花 和曾端伯使君用李久善韻

洲上百花如錦繡水滿池塘更作濺濺溜斷送風光惟有酒苦吟不怕因詩瘦 尋壑經邱長是久曉曉歸來稚子柴門候萬事付之醒夢後眉頭不爲閑愁皺

又 百花洲老桂盛開張師明程德遠攜酒來醉花下有唱酬蝶戀花亦次其韻

巖桂秋風南埭路牆外行人十里香隨步此是蘄林遊戲處誰知不向根塵住 今日對花非浪語憶昨明光早荷君王顧生怕青蠅輕點汙思鱸何似思花去

鷓鴣天 壽太夫人

戲綵堂深翠幕張南飈特地作微涼葵花向日枝枝似萱草忘憂日日長　門有慶福無疆老人星共酒生光殷勤更假天吳手傾瀉西江入壽觴

又 番禺齊安郡王席上贈故人

白棣初逢兩妙年瑤林玉樹倚風前疎梅影裏春同醉紅芰香中月一船　長悵恨短姻緣空餘蝴蝶夢相連誰知瘴雨蠻煙地重上襄王玳瑁筵

又 豫章郡王席上

兩個鴛鴦波上來一綰楊柳掌中迴已愁共雪因風去更著繁絃急管催　含淺笑勸深杯桃花氣暖眼

一作家

上三字毛鈔在鄉字下

句毛鈔無

邊開司空常見風流慣輸與山翁醉玉摧

又 紹興已未歸休後賦

露下風前處處幽官黃如染翠如流誰將天上蟾宮樹散作人間水國秋——香郁郁思悠悠幾年魂夢繞江頭今朝得到薌林醉白髮相看萬事休

又 舊史載白樂天歸洛陽得楊常侍舊第有林泉之致占一都之勝薌林居士卜築清江乃楊遵道光祿故居也昔文安先生之所可而竹木池館亦甚似之其子孫與西蘇山蕊從遊所謂百花洲者因東坡而得名嘗爲絕句以紀其事復戲廣其聲爲是詞云

莫問清陽與洛陽山林總是一般香兩家地占西南勝可是前人倒姓楊——石作枕醉爲鄉藕花菱角滿池塘雖無中島霓裳奏獨鶴隨人意自長

又　有懷京師上元與韓叔夏司諫王夏卿侍郎曹仲聲少卿同賦

紫禁煙花一萬重鰲山宮闕隱晴空玉皇端拱彤雲上人物嬉遊陸海中——星轉斗駕迴龍五侯池館醉春風而今白髮三千丈愁對寒燈數點紅

又　戲韓叔夏

只有梅花似玉容雲窗月戶幾尊同見來照眼明如水欲去愁眉淡遠峯——山萬疊水千重一雙蝴蝶夢能通都將淚作梅黃雨盡把情爲柳絮風

又　老妻生日

玉篆題名在九天而今且作地行仙掛冠神武歸休後同醉鄉林是幾年——龜游泳鶴蹁躚疎梅脩竹兩

清妍欲知福壽都多少早閤清江可比肩

又 詠紅梅

江北江南雪未消此花獨步百花饒青枝可愛難爲杏綠葉初無不是桃—多態度足風標蘂珠仙子醉紅潮絶憐野外橫斜處似與鄰林慰寂寥

又 紹興壬戌中秋前數夕與楊謹仲魯子明劉曼容及子駒兄弟待月新橋

駕月新成碧玉梁青天萬里瀉銀潢廣寒宮裏無雙樹無熱池邊不盡香—承露液釀秋光直須一舉累千觴不知世路風波惡何似鄰林氣味長

又 紹興戊辰歲閏中秋

明月光中與客期一年秋半兩圓時姮娥得意爲長

計織女歡盟可恨遲　瞻玉兎倒瓊彝追懷往事記新詞浩歌且入滄浪去醉裏歸來凝不知

又　曾端伯使君自處守移帥荊南作是詞戲之

贛上人人說故侯從來文采更風流題詩謾道三千號別酒須拚一百籌　乘畫鷁衣輕裘又將春色過荊州合江遶岸垂楊柳總學歌眉葉葉愁

減字木蘭花　紹興辛未冬溫臘前梅花已謝去明日立春今夕大雪程德遠弟來自龍舒張琦言寄聲相問有懷其人

青松翠篠一夜欹傾如醉倒殘臘能佳落盡梅花見雪花　詩涯酒島何日登臨同笑傲未老還家飽歷年華有鬢華

鈺案此注疑後人有攙入語

又　紹興壬申春薌林瑞香盛開賦此詞是年三月十有六日辛亥公下世此詞公之絕筆也

斜紅疊翠何許花神來獻瑞粲粲裳衣割得天孫錦一機　真香妙質不耐世間風與日著意遮圍莫放春光造次歸

阮郎歸　紹興乙卯大雪行鄱陽道中

毛鈔時下空一格

大　又

江南江北雪漫漫遥知易水寒同雲深處望三關斷腸山又山　天可老海能翻消除此恨難頻聞遣使問平安幾時鸞輅還

秦樓月

毛鈔近下空一格

芳菲歇故園目斷傷心切傷心切無邊煙水無窮山色　可堪更近乾龍節眼中淚盡空啼血空啼血子

規聲外曉風殘月

少年遊　別韓叔夏

去年同醉酴醾下儘筆賦新詞今年君去酴醾欲破誰與醉爲期　舊曲重歌傾別酒風露泣花枝章水能長湘水遠流不盡兩相思

西江月　番禺趙立之郡王席上

風響蕉林似雨燭生粉豔如花客星乘興泛仙槎誤到支機石下　歡喜地中取醉溫柔鄉裏爲家暖紅香霧鬧春華不道風波可怕

又　吳穆仲與法喜以禪悅爲樂寄倡酬醉蓬萊示鄰林居士有見處即已無心即了之句戲作是詞答之

毛鈔詞上空一格

毛鈔御上空一格

缺

見處莫教甚著無心慎勿沉空本無背面與初終說了還同說夢　欲識薌林居士真成漁父家風收絲垂釣月明中總是神通妙用

又

紹興丁巳秋徧走湖東諸郡遂作天台鴈宕之遊政黃柑江鱠時足慰平生時拜詔書薌林之賜因成長短句寄朱子發范元長陳去非翰林三學士以資玉堂中一笑

得意穿雲度水及時斫玉分金茲游了卻未來心怪我歸遲一任　居士何如學士翰林休笑薌林個中真味少知音不是清狂太甚

又

政和年間卜築宛丘手植眾薌自號薌林居士建炎初解六路漕事中原俶擾故廬不得返卜居清江之五柳坊紹興癸丑罷帥南海即棄官不仕乙卯起以九江郡得轉漕江東入爲戶部侍郎辭榮避謗出守姑蘇到郡少日請又力焉詔可且賜舟曰泛宅送之以歸

酒邊詞卷七

毛鈔去湯字空一格

己未暮春復遂舊隱時仲舅李公
休亦辭春陵郡守致仕喜賦是詞

五柳坊中煙綠百花洲上雲紅蕭蕭白髮兩衰翁不與時人同夢 抛擲麟符虎節徜徉月下林風世間萬事轉頭空箇裏如如不動

又

山谷作酴醾詩極工所謂露濕何郎試湯餅日烘荀令炷爐香取古人語以況此花稱爲著題余三十年前與晁之道狄端叔諸公醉皇建院東武襄家酴醾甚盛各賦長短句獨記余浣溪紗一首云翠羽衣裳白玉人不將朱粉污天真清風爲伴月爲鄰 枕上解隨良夜夢壺中別是一家春同心小縮更尖新眞成夢事此佗此花不殊而心情老懶無復當時矣勉強作是詞云

紅褪小園桃杏綠生芳草池塘誰教芍藥殿春光无似酴醾官樣 翠蓋更蒙珠幰薰爐膩熨沉香娟娟

風露滿衣裳獨步瑤臺月上

又 老妻生日因取薌林中所產異物作是詞以侑觴

幾見芙蓉並蒂忽生三秀靈芝千年老樹出孫枝嚴桂秋來滿地　白鶴雲間翔舞綠龜葉上遊戲齊眉偕老更何疑箇裏自非塵世

南鄉子 大雪韓叔夏坐中

梅與雪爭姝試問春風管得無除卻箇人多樣態誰如細把冰姿比玉膚　一面倒金壺既醉仍煩翠袖扶同向凌風臺上看何如且與薌林作畫圖

浣溪沙 寶林山間建蘭

綠玉叢中紫玉條幽花疏淡更香饒不將朱粉汙高

標　空谷佳人宜結伴貴游公子不能招小窗相對誦離騷

又　漁父詞張志和之兄松齡所作也有招玄眞子歸隱之意居士爲姑蘇郡守浩然有歸志因賡其聲爲浣溪沙示姑蘇諸友

樂在煙波釣是閒草堂松桂已勝攀梢梢新月幾回灣　一碧太湖三萬頃屹然相對洞庭山狂風浪起且須還

又　戲呈牧庵舅

進步須於百尺竿二邊休立莫中安要知玄露沒多般　花影鏡中拈不起蟾光空裏撮應難道人無事更參看

又 荆公除日詩云爆竹聲中一歲除東風送暖入屠蘇千門萬戶曈曈日爭把新桃換舊符東坡詩云老去怕看新曆日退歸擬學舊桃符古今絕唱也呂居仁詩有晝角聲中一歲除平明更飲屠蘇酒之句政用以爲故事耳薌林退居之十年戲集兩公詩輙以鄙意足成浣溪沙自書以遺靈照

爆竹聲中一歲除東風送暖入屠蘇曈曈曉色上林廬　老去怕看新曆日退歸擬學舊桃符青春不染白髭鬚

又 叢桂花開不數日謝去每恨不能挽留近得爐薰頗耐久

醉裏驚從月窟來睡餘如夢蕊宮迴碧雲時度小崔嵬　疑是海山憐我老不論時節遣花開從今休數返魂梅

海上方可作 上五字毛鈔作淂字下烟字上

又曾端伯和

別樣清芬撲鼻來秋香過後卻追回博山輕霧鎖崔嵬　珍重香林一昧手不教一日不花開暗中錯認是江梅首二句或刻聽罷霓裳夢覺來天香留得袖中回

又老妻生日

星斗昭回自一天疎梅池畔鬬清妍蟠桃正熟藕如船　葉上靈龜來瑞世林間白鶴舞胎仙春秋不記幾千年

又堂前巖桂犯雪開數枝色如杏黃適當老妻生朝作以此侑觴

瑞氣氤氳拂水來金幢玉節下瑶臺江梅巖桂一時開　不盡秋香凝燕寢無邊春色上尊罍臨風嗅蘂

笑襪個

又　和曾吉甫韻呈宋景晉待制宋有二小姬小桃小蘭

綠遶紅圍宋玉牆幽蘭林下正芬芳桃花氣暖玉生香　誰道廣平心似鐵豔粧高韻兩難忘蘇州老矣不能狂

又　再用韻寄曾吉甫運使

靄靄停雲覆短牆夭夭臨水自然芳猗猗無處著清香　珍重蘺山溪句好尊前頻舉不相忘濠梁夢蝶盡春狂

又　簡王景源元渤伯仲

南國風煙深更深清江相接是廬陵甘棠兩地綠成

毛鈔本時下缺一條

陰　九日黃花兄弟會中秋明月故人心悲歡離合古猶今

又　紹興辛未中秋王景源使君乘流下籲灘捨舟從陸薌林老人以長短句贈行

尊俎風流意氣傾一杯相屬忍催行離歌更作斷腸聲　滾滾大江前後浪娟娟明月短長亭水程山驛總關情

生查子　紹興戊午姑蘇郡齋懷歸賦

天上得靈根不是凡花數清似水沉香色染薔薇露　薌林月冷時玉筍雲深處歸夢托秋風夜夜江頭路

我愛林中犀

舊云天上得靈根

又　與客醉巖桂下落蕊忽墮酒杯中

月姊倚秋風香度青林杪吹墮酒杯中笑靨撩人小薌林萬事休獨此情未了醉裏又題詩不覺花前老

臨江仙 紹興庚申老妻生日幼女靈照生於是歲女子亦有弄璋之喜

新月低垂簾額小梅半出簷牙高堂開燕靜無譁麟孫鳳女學語正咿啞 寶鼎騰熏沈水瑣彝爛醉流霞薌林同老此生涯一川風露總道是仙家

七娘子

山園水繞高堂路恨密雲不下陽臺雨霧閣雲窗風亭月戶分明攜手同行處 而今不見生塵步但長江無語東流去滿地落花漫天飛絮誰知總是離愁

做

減字木蘭花

維摩住處竟日繽紛花似雨更有難忘十里清芳撲鼻香　當年跡傳借問賜金那用許何似歸艎寶墨光芒萬丈長

又

年年巖桂恰恰中秋供我醉今日重陽百樹猶無一樹香　且傾白酒賴有茱萸枝在手可是清甘遶徧東籬摘未堪

清平樂　藏林之居巖桂爲最比得公是先生清平樂詞云小山叢桂最有留人意拂葉

攀花無限思露濕濃香滿袂　別來過了秋光翠簾昨夜新霜多少月宮閑地姮娥與借餘芳

因賦一首

幽花無外心與薌林會綠髮相看今老矣不作淺俗氣味　露葉蕤蕤生光風梢泛泛飄香稱意中秋開了餘情猶及重陽

又 韓叔夏

秋光如水釀作鵞黃蟻散入千巖桂樹裏惟許脩門人醉　輕鈿重上風鬟不禁月冷霜寒步障深沈歸去依然愁滿空山

又 巖桂盛開戲呈韓叔夏司諫

吳頭楚尾踏破芒鞵底萬壑千巖秋色裏不耐惱人風味　而今老我薌林世間百不關心獨喜愛香韓

壽能來同醉花陰

又　奉酬韓叔夜

薄情風雨斷送花何許一夜清香無覓處卻返雲窗月戶　醉鄉麴米爲春荆州富貴中人肯入薌林淨社玉山屬倒芳茵

又　贈韓叔夏

銀鈎蠆尾一似鍾繇字吏部文章麟角起自是瑞人驚世　西垣準擬揮毫不須苦續離騷政看翻階紅藥無忘叢桂香醪

又　答趙彥正使君

人間塵外一種寒香蕊疑是月娥天上醉戲把黃雲

挼碎　使君坐嘯清江騰芳飛譽無雙與寄小山叢桂詩成棐几明窗

又　鄭長卿資政惠以龍焙絶品茶方釀薌林春色恨不得持去戲有此贈

薌林春色杯面雲腴白醉裏不知天地窄眞是人間歡伯　風流玉友爭妍酪奴可與忘年空誦少陵佳句飲中誰是俱仙

更漏子　雪中韓叔夏席上

小窗前疎影下鸞鏡弄妝初罷梅似雪雪如人都無一點塵　暮江寒人響絶更著朦朧微月山似玉玉如君相看一笑温

點絳唇　薌林老人紹興甲寅中秋與二三禪子對月寘林山中戲作長短句俗呼點絳

綠水青山一輪明月林梢過有誰同坐妙德毘盧我
石女高歌古調無人和還知麼更沒別箇且莫分
踈破

又　代淨衆老

此夜中秋不向光影門前過披衣得坐無佛衆生我
鼓打皮借問今幾和還知麼就中兩箇鼻孔誰
穿破

又　代香嚴榮老

不昧本來太虛明月流輝過同行獨坐高下多由我
玉軫無絃誰對秋風和還知麼老龐一箇識得機

關破

又 代樵隱曇老

折脚鐺中二時粥飯隨緣過東行西坐不識而今我壞盡田園終日且婆和還知麽錐也無箇時露衣彩破

又 後自和

不挂一裘世間萬事如風過忘緣兀坐皮袋非真我隨色摩尼朱碧如何和還知麽從來只箇千古撲不破

又 別代淨衆

荆棘林中浪誇好手曾穿過不起千坐遍塞虛空我

問路臺山婆子隨聲和還知麼石橋老個些子平窺破

又　別代香巖

春浪桃花禹門三尺平跳過死生不坐變化須歸我山起南雲北雨聲相和還知麼點點真個塊土何曾破

又　別代栖隱

脫落皮膚故人南岳峯前過只知閑坐千聖難窺我明月澄潭誰唱復誰和還知麼錦鱗沒個莫觸清光破

又　別自和

似之

毛鈔首下有二字

綠水池塘，笑看野鴨雙飛過。正當呆坐。紐鼻須還我。晝日張弓，許久無人和。還知麼。難得全個。不免須明破。

又 世傳水月觀音詞，徐師川惡其鄙俗，戲作一首

冰雪肌膚，靚妝喜作梅花面。寄情高遠。不與凡情染。玉立峯前，閑把經珠轉。秋風便。霧收雲捲。水月光中見。

又 重九戲用東坡先生韻

無熱池南，歲寒亭上開新宴。青山芳甸。盡入真如觀。舉首高歌，人在秋天半。晴空遠。寒江影亂。何處飛來雁。

又

病臥秋風懶尋杯中追歡宴夢遊都甸不改當年觀故舊彫零天下今無半煙塵遠淚珠零亂怕問隨陽雁

又

今日重陽强挼青蕊聊開宴我家畿甸試上連輝觀憶着酺池古塔煙霄半愁心遠情隨雲亂腸斷江城雁

又 重陽後數日菊墩始有花與諸友再登賦第四首

莫問重陽黃花滿地須遊宴休論夷甸且作江山觀百歲光陰屈指今過半霜天晚眼昏花亂不見書

空鴈

又 王景源使君寵示巖桂長短句擬和一首

春蕙秋蘭斷崖空谷終難近何如逸韻十里香成陣傾蓋論交白首情無盡因君問新聲玉振更覺花清潤

又 再賦示王景源使君

璧月光輝萬山不隔蟾宮樹金風玉露水國秋無數老子情鍾欲向香中住君王許龍鸞飛舞送到歸休處

又 再次王景源使君韻賦第三首

明月山頭古香吹墮青林底世情無味伴我千巖裏

詩老風流也向花留意歌新擬調高難比半坐分
君醉

採桑子　薌林爲牧庵舅作

霜鬚七十期同老雲水之鄉總挂冠裳鬧裏光陰一
倍長　況逢菊醑籬邊笑風露中香報冷秋光自有
仙人九醞觴

一落索

春風吹斷前山雨行雲歸去朝來須信本無心回首
了無尋處　欲問個中去路阿誰能語澄江霽月都
深知把此意都分付

如夢令　予以巖桂爲爐熏雜以龍麝或謂未盡其妙有一道人授取桂華眞水之法乃

舊云不着鉛華汚

壬仍妬下注上七字

神仙術也其香著人不滅名曰薌林秋露李長吉詩亦云山頭老桂吹古香戲作二闋以貽好事者

欲問薌林秋露來自廣寒深處海上說薔薇何以桂華風度高古高古不著世間塵汙

又

誰識薌林秋露勝卻諸天花雨休更覓曹溪自有箇中去路參取參取滴滴要知落處

卜算子

臨鏡笑春風生怕梅花妬疑是西湖處士家踈影橫斜處　江靜竹娟娟繞青無數獨許幽人仔細看全勝牆東路

酒邊詞卷上　二十

毛鈔無辰字

毛鈔韻下有賦字

又　中秋欲雨還晴惠力寺江月亭用東坡先生韻示諸禪老寄徐師川樞密

雨意挾風回月色兼天靜心與秋空一樣清萬象森如影　何處一聲鐘令我發深省獨立滄浪忘卻歸不覺霜華冷

又　重陽後數日避亂行雙源山間見菊花復用前韻時以九江郡懇辭未報

時菊碎榛薪地僻柴門靜誰道村中好客稀明月和清影　天地一蘧廬夢事慵思省若個知余懶是真心已如灰冷

又　督戰淝水再用前韻賦第三首示青草堂

轇轕擾擾中本體元來靜一段澄明絕點埃世事如泡影　歇即是菩提此語須三省古道無人著腳行

禾黍秋風冷

又 復自和賦第四首

千古一靈根本妙無明靜道個如如已是差莫認風旛影　枯木夜堂深默坐時觀省月落烏雞出戶飛萬里關河冷

三字令

春盡日雨餘時紅簌簌綠漪漪花滿地水平池煙光裏雲影上畫船移　文鴛並白鷗飛歌韻響酒行遲將我意入新詩春欲去留且住莫教歸

長相思 紹興戊辰閏中秋

年重月月重光萬瓦千林白似霜扁舟入醉鄉　山

蒼蒼水茫茫嚴瀨當時不是狂高風引興長

南歌子

柳眼風前動梅心雪後寒年光渾似霧中看報答風光無處可爲歡　一曲聊收淚三杯強自寬新愁不耐上眉端怕見長安歸路懶凭欄

減字木蘭花

無窮白水無限芰荷紅翠裏幾點青山半在雲煙晻靄間　移舟橫截臥看碧天流素月此意虛徐好把薌林入畫圖

南歌子

江左稱嚴桂吳中說木犀水沉爲骨鬱金衣卻恨疎

君上毛鈔空一格

梅惱我得青遲　葉借山光潤花蒙水色奇年年勾引賦新詩應笑薌林冷淡獨心知

又　紹興辛酉病起

病著連三月誰能慰老夫蕭蕭短髮不勝梳風裏支離欲倒要人扶　秋月明如水巖花忽起予旋篘白酒入盤盂報答風光不醉更何如

又　韓公圭近有提舉廣東市舶之命假道清江執別年餘忽爾相逢喜甚因賦是詞云

我入三摩地人疑小有天君王送老白雲邊不用丹青圖畫上淩煙　喜攬澄清轡能同載酒船相逢忽謾別經年好是兩身強健在尊前

桂殿秋

秋色裏月明中紅旌翠節下蓬宮蟠桃已結瑤池露
桂子初開玉殿風

朝中措　王景源使君生日坐上偶作

滿城臘雪淨無埃觸處是花開天上瓊林珠樹誰知
夜半移來　黃堂薦壽請君著意和氣潛回化作一
江春酒都將注入尊罍

菩薩蠻

天仙醉把真珠擲荷翻瀉入玻璃碧雨過酒尊涼紅
蕖冉冉香　飛來雙白鷺屢作僛僛舞山鳥起清歌
晚來情更多

好事近　紹興辛未病起見梅

毛鈔本據下缺一葉

多病卧江干過盡春花秋葉又見橫斜疏影弄揩前明月　呼兒取酒據胡牀尚喜知時節宜與老夫情厚有鬢邊殘雪 又云折得一枝清瘦入鬢邊殘雪

又 用前韻答鄧端友使君

風勁入平林掃盡一川黃葉唯有長松千丈挂娟娟霜月　使君和氣動江城疑是芳菲節忽到小園游戲見南枝如雪

減字木蘭花 登望韶亭

兩峯對起象闕端門雲霧裏千嶂排空虎節龍旂指顧中　簫韶妙曲我試與聽音韻足借問誰傳松上清風石上泉

又

翠鬟雙小綠綺朱絃心未了畫戟森閒玉子紋楸手共談　不妨扶老未說他年無限笑且要忘憂莫問今朝勝幾籌

又　梅花盛開走筆戲呈韓叔夏

臘前雪裏幾處梅梢初破蘂年晚江邊是處花開晚更妍　絕知春意不耐愁何必與醉更有難忘宋玉牆頭婉婉香

又　韓叔夏席上戲作

誰知瑩徹惟有碧天雲外月一見風流洗盡胸中萬斛愁　賸燒蚕炬只恐夜深花睡去想得橫陳全是

毛鈔卷四十二頁

四頁

巫山一段雲

又

千山萬水望極不知何處是小院迴廊夢去相尋未覺長　絶憐清瘦雪裏梅梢春未透常記分攜雨後梨花曉尙啼

又

去年端午共結綵絲長命縷今日重陽同泛黃花九醞觴　經時離缺不爲萊菔鬚似雪一笑逢迎休覓空青眼自明

酒邊詞卷上終

酒邊詞卷下

江北舊詞

滿庭芳 政和癸巳滁陽作其年京師大雪

天宇長閒，飛仙狂醉，挼雲碎玉沉空。謝家庭院，爭道絮因風。不怕寒生寶粟，深洞護、屋幕重重。瑤林裏，踈梅獻笑，小萼露輕紅。　瑞龍香繞處，雲間絃管，塵外簾櫳。須爛醉煙霞，莫訴千鍾。聞道蟠桃正好，蓬瀛路、消息潛通。飛瓊伴，偷將春色，分付入芳容。

水調歌頭 趙伯山席上見梅

天公深藏巧，雪裏放春回。不到開花凡草，都付與踈梅。獨立水邊林下，蕭蕭冰容孤豔，清瘦玉腰肢。觸撥

淂相逢
須信靈

毛鈔上又字夹行寫

暗香動風味欲愁誰　姮娥攜青女過夜闌時瑤冠瓊佩粲然一笑亦何奇賸欲舉觴對飲不怕月明霜重寒氣著人衣只恐鄰笛起化作玉塵飛

梅花引　戲代李師明作

花如頰梅如葉小時笑弄階前月最盈盈最惺惺閒愁未識無計定深情十年空省春風面花落花開不相見要相逢得相逢須信靈犀中自有心通

又　向與前闋合作一闋非

同杯勺同斟酌千愁一醉都推却花陰邊柳陰邊幾回擬待偷憐不成憐傷春玉瘦慵梳掠抛擲琵琶閒處著莫猜疑莫嫌遲鴛鴦翡翠終是一雙飛

婦人嬌 錢卿席上贈侍人輕輕

白似雪花柔於柳絮蝴蝶兒鎮長一處春風駘蕩驀然吹去中得遊絲半空惹住　波上精神掌中態度分明是綵雲團做當年飛燕從今不數只恐是高唐夢中神女

玉樓春 宛丘行口之圃見梅對雪

記得江城春意動兩行疎梅龍腦凍佳人不用辟寒犀踏雪穿花雲鬢重　真珠旋滴留人共更爇沈香暖金鳳只今梅雪可憐時都似綠窗前日夢

又 與何文縝倪巨濟王元衷蘇叔黨宴張子實家侍人賀全真妙絕一時

雲窗霧閣春風透蝶繞蜂圍花氣漏惱人風味恰如

梅倚醉腰肢全是柳　細傳一曲情偏厚淡掃兩山緣底皺歸時好月已沈空只有真香猶滿袖

鷓鴣天　與師川同過葉夢授家

小院深明別有天花能笑語柳能眠雪肌得酒於中暖蓮步凌波分外妍　釵燕重鬢荷偏兩山斜疊翠聯娟朝雲無限飄春態暮雨情知更可憐

又　宣和乙亥代人贈別

斗帳歡盟不計年誰知鶯地遠如天何曾一霎離心上怎得而今在眼前　魚不斷雁相連可無小字寄芳牋薄情已是拋人去更與新愁到酒邊

又　同前

説著分飛百種猜泥人細數幾時回風流可慣曾孤冷懷抱如何得好開　垂玉筯下香堦並肩小語更兜鞵再三莫遣歸期誤第一頻教入夢來

又

淺淺粧成淡淡梅見梅憶著傍粧臺書無鴻雁如何寄腸斷催歸作麽回　千種恨百般猜爲伊懷抱幾時開可堪江上風頭惡不放朝雲入夢來

又

幾處鞦韆懶未收花梢柳外出纖柔霞衣輕舉疑奔月寶髻欹傾若墜樓　爭縹緲鬭風流蜂兒蛺蝶共嬉遊朝朝暮暮春風裏落盡梨花未肯休

踏莎行　政和丙申九江道中

靄靄朝雲黯春態度楚中夢斷尋無路欲將尊酒遣新愁誰知引到愁深處　不盡江山無邊細雨只疑都把愁來做西山總不解遮闌隨春直過東湖去

鵲橋仙

合巹風流擘釵情態壓倒癡牛騃女今年雲外果深期想卻笑人間離苦　縈愁疊恨青山綠水杳杳重重無數尋常猶有夢能來到此夜無尋夢處

虞美人　政和丁酉下琵琶溝作

濛濛煙樹無重數不礙相思路曉雲分外欲增愁更那堪疎疎雨送歸舟　雨來還被風吹去隕淚多如

毛鈔少一疏字

雨擬題雙葉問離憂怎得水隨人意肯西流

又 春恨

去年不到瓊花底蝶夢空相倚今年特地趁花來因甚不教同醉過花開　花知此恨年年有閒伴人春瘦一枝和淚寄春風應把舊愁新怨入眉峯

又 宣和辛丑

去年雪滿長安樹望斷揚州路今年看雪在揚州人在蓬萊深處若爲愁　而今不恨伊相誤自恨來何暮平山堂下舊嬉遊只有舞春楊柳似風流

又

綺窗人似鶯藏柳巧語春心透聲聲清切入人深一

夜不知兩鬢雪霜侵　何時月下歌金縷醉看行雲
住懶將幽恨寄瑤琴卻倩金籠鸚鵡遞芳音

更漏子　題趙伯山青白軒時王豐父劉長因同賦

竹孤青梅釅白更著使君清絕梅似竹竹如君須知
德有鄰　月同高風同調月底風前一笑翻碎影度
浮香與人風味長

又

鵲橋邊牛渚上翠節紅旌相向承玉露御金風年年
歲歲同　懶飛梭停弄杼遙想綵雲深處人咫尺似
關山無聊獨倚闌

鵲橋仙　七夕

澄江如練遠山橫翠一段風煙如畫層樓傑閣倚晴空疑便是支機石下——寶奩瓊鑑淡勻輕掃纖手弄妝初罷擬將心事問天公與牛女平分今夜

南歌子 代張仲宗賦

碧落飛明鏡晴煙冪遠山扁舟夜下廣陵灘照我白蘋紅蓼一番殘　初望同盟飲如何兩處看遙知香霧濕雲鬟凭暖瓊樓十二玉闌干

鵲橋仙

飛雲多態涼颸微度都到酒邊歌處冰肌玉骨照人寒更做弄一簾風雨——同槃風味合歡情思不管星娥猜妬桃花溪水接銀河與占斷鵲橋歸路

南歌子 郭小娘道裝

縹緲雲間質，輕盈波上身。瑤林玉樹出風塵。不是野花凡草等閑春。　翠羽雙垂珥，烏紗巧製巾。經珠不動兩眉顰。須信鉛華銷盡見天真。

又

梁苑千花亂，隋隄一水長。眼前風物總悲涼。何況眉頭心上不相忘。　因夢聊攜手，憑書續斷腸。已驚蝴蝶過東牆。更被風吹鴻雁不成行。

卜算子 東坡先生嘗作卜算子，山谷老人見之，云類不食煙火人語。鄰林往歲見梅，追和一首，終恨有兒女子態耳。

竹裏一枝梅，雨洗娟娟靜。疑是佳人日暮來，綽約風

前影　新恨有誰知往事何堪省夢繞陽臺寂寞回
沾袖餘香冷

菩薩蠻

鴛鴦翡翠同心侶驚風不動雙飛去春水綠西池重
期相見時　長憐心共語夢裏池邊路相見不如新
花應解笑人

又 政和丙申

娟娟明月如霜白龍山可是蓬山隔恨不及春風行
雲處處同　暖香紅霧裏一笑誰新喜知得遠愁無
春衫有淚珠

又

襪兒窄剪鞋兒小紋鴛並影雙雙好微步巧藏人輕飛洛浦塵　前回深處見欲近還相遠心事不能知教人直是疑

南歌子

雨過林巒靜風迴池閣涼窺人雙燕語雕梁笑看小荷翻處戲鴛鴦　共飲菖蒲細同分綵線長今朝眞不負風光絕勝幾年飛夢繞高唐

減字木蘭花　政和癸巳

幾年不見蝴蝶枕中魂夢遠一日相逢鸚鵡杯深笑靨濃　歡心未已流水落花愁又起離恨如何細雨斜風晚更多

秦樓月

蟲聲切柔腸欲斷傷離別傷離別幾行清淚界殘紅頰

玉堦白露侵羅襪下簾卻望玲瓏月玲瓏月寒光霏亂照人愁絶

生查子 與王豐父鄭曼卿兄弟嵩山道中

月在兩山間人在空明裏山色碧於天月色光於水心閑物物幽心動塵塵起莫向動中來長願閑如此

又

春心如杜鵑日夜思歸切啼盡一川花愁落千山月邊憐白玉人翠被餘香歇可慣獨眠寒滅動豐肌

雪

又

近似月當懷遠似花藏霧好是月明時同醉花深處

看花不自持對月空相顧願學月頻圓莫化花飛

去

又

春山和恨長秋水無言度脈脈復盈盈幾點梨花雨

深深一段愁寂寂無行路推去又還來沒箇遮攔

處

又 贈陳宋鄰

娟娟月入眉整整雲歸鬢鏡裏弄妝遲簾外花移影

斜窺秋水長顰語春鶯近無計奈情何只有相思分

又

相思懶下牀春夢迷蝴蝶入柳又穿花去去輕如葉可堪歧路長不道關山隔無賴是黃鸝喚起空愁絕

望江南 八月十四日爲壽近有弄璋之慶

微雨過庭院静無塵天上秋期明日是人間月影十分淸真不負佳辰 稱壽處香霧繞花身玉兔已成千歲藥桂花更與一枝新喜氣滿重闈

浣溪沙

冰雪肌膚不受塵臉桃眉柳已生春手搓梅子笑迎人　欲語又休無限思暫來還去不勝顰夢隨蝴蝶過東鄰

西江月

微步凌波塵起弄妝滿鏡花開春心擲處眼頻來秀色著人無耐　舊事如風無迹新愁似水難裁相思日夜夢陽臺減盡沈郎衣帶

點絳唇　南昌送范師

丹鳳飛來細傳日下絲綸語使君歸去已近沙堤路　風葉露花秋意濃如許江天暮離歌輕舉愁滿西山雨

醜奴兒 宣和辛丑

無雙亭下瓊花樹，玉骨雲腴傾國稱姝除卻揚州是處無　天教紅藥來驂乘桃李先驅總作花奴翠擁紅遮到玉都

如夢令

午夜涼生翠幔簾外行雲撩亂可恨白蘋風欲雨又還吹散腸斷腸斷楚夢驚殘一半

好事近 中秋前一日爲壽

小雨度微雲快樂一天新碧恰到中秋佳處是芳年華日　冰輪莫做九分看天意在今夕先占廣寒風露怕姮娥偏得

又 懷安郡王席上

初上舞裀時爭看韈羅弓窄恰似晚霞零亂襯一鉤新月　折旋多態小腰身分明是回雪生怕因風飛去放真珠簾隔

採桑子

人如濯濯春楊柳徹骨風流脫體溫柔牽繫多情儘未休　最憐恰恰新眠起雲雨初收斜倚瓊樓葉葉眉心一樣愁

清平樂 寄邵子非諸友

雲無天淨明月端如鏡烏鵲遶枝棲未穩零露垂垂珠隕　扁舟共絕湖河秋風別去如梭今夜淒然對

影與誰斟酌姮娥

浣溪沙

花想儀容柳想腰融融曳曳一團嬌綺羅叢裏最妖嬈　歌罷碧天零影亂舞時紅袖雪花飄幾回相見爲魂銷

又 趙總憐以扇頭求乞詞戲有此贈趙能棋分茶寫字彈琴

豔趙傾燕花裏仙烏絲闌寫永和年有時閑弄醒心絃　茗盌分雲微醉後紋楸斜倚髻鬟偏風流模樣總堪憐

又 王稱心效顰亦有是請 再用前韻贈之

曾是襄王夢裏仙嬌癡恰恰破瓜年芳心已解品朱

紘　淺淺笑時雙靨媚盈盈立處綠雲偏稱人心事儘人憐

又

一夜涼颸動碧幮曉庭飛雨濺真珠玉人睡起倚金鋪　雲髻作堆初未整柳腰如醉不勝扶天仙風調世間無

又　政和壬辰正月豫章魚潭作時徐師川洪駒父汪彥章攜酒來作別

壁月光中玉漏清小梅踈影水邊明似梅人醉月西傾　梅欲黃時朝暮雨月重圓處短長亭舊愁新恨若為情

又　連年二月二日出都門

人意天公則甚知故教小雨作深悲桃花渾似淚胭脂　理棹又從今日去斷腸還似去年時經行處處是相思

又　政和癸巳儀真東園作

花樣風流柳樣嬌雪中微步過溪橋心期春色到梅梢　折得一枝歸綠鬢冰容玉豔不相饒索人同去醉金蕉

又

守得梅開著意看春風幾醉玉闌干去時猶自惜餘歡　雨後重來花掃地葉間青子已團團憑誰寄與蹙眉山

又

醉醺醺和狄端叔韻贈陳宋鄰

翡翠衣裳白玉人不將朱粉汙天眞清風爲伴月爲鄰　枕上解隨良夜夢壺中別是一家春同心小綰更尖新

又

兩點春山入翠眉一綑楊柳作腰肢語音嬌輭帶兒癡　猶省當來求識面隔溪淸唱倒瓊彜眞成相見說當時

又

姑射肌膚雪一團摻摻玉手弄冰紈著人情思幾多般　水上月如天樣遠眼前花似鏡中看見時容易

近時難

又

雲外遥山似翠眉風前楊柳人腰肢凌波微步襪塵飛　倚醉傳歌留客處佯嗔不語殢人時風流態度百般宜

又　許南叔席上

百斛明珠得翠娥風流徹骨更能歌碧雲留住勸金荷　取醉歸來因一笑惱人深處是橫波酒醒情味卻知麽

相見歡

亭亭秋水芙蓉翠圍中又是一年風露笑相逢　天

機畔雲錦亂思無窮路隔銀河猶解嫁西風

又

桃源深閉春風信難通流水落花餘恨幾時窮　水
無定花有盡會相逢可是人生長在別離中

又

腰肢一縷纖長是垂楊泥泥風中衣袖冷沈香　花
如頰眉如葉語如簧微笑微顰相惱過迴廊

酒邊詞集卷下終

趙文敏公書卷末云
吾家業儒辛勤置書
以遺子孫其志何如
後人不讀將至于鬻
頹其家聲不如禽犢
若歸他室當念斯言
取非其有毋寧舍旃

朱文大白印

毛晉之印　毛氏子晉　毛扆之印　斧季　朱文方印

伯恭相家子欽聖憲肅皇后從姪也性極孝友置義莊贍宗族貧者其立朝忠節胡安國張九成輩極嘉與之晚忤秦檜意乃致仕卜築清江偒遵道故第竹木池館占一都之勝又繞屋手植巖桂顏其堂曰薌林自詠云須知道天敎尤物相伴老江鄉又絕筆云眞香妙質不耐世間風與日豈米顛所謂衆香國中來衆香國中去薌林亦庶幾耶湖南毛晉識

酒邊詞跋　一

碧雞漫志五卷

◎

〔宋〕王灼撰

明抄本　錢曾校並跋

碧雞漫志卷第一 并自序

小溪　王灼　晦叔

乙丑冬予客寄成都之碧雞坊妙勝院自夏涉秋與王和先張齊望所居甚近皆有聲妓日置酒相樂予亦往來兩家不厭也嘗作詩云王家二瓊芙蕖妖張家阿倩海棠魄露香亭前占秋光紅雲島邊弄春色滿城錢癡買娉婷風捲畫樓絲竹聲誰似兩家喜看客新翻歌舞勸飛觥君不見東州鈍漢髮半縞日日醉踏碧雞三井道予每飲歸不敢徑臥客舍無與語因旁緣是日歌曲出所聞見仍考歷世習俗追思平時論說信筆以記積百十紙混群書中不自收拾今

秋開篋偶得之殘脫逸散僅存十七因次比增廣成五卷目曰碧雞漫志顧將老矣方悔少年之非游心淡泊成此亦安用但一時醉墨未忍焚弃耳已已三月既望覃思齋序

或問歌曲所起曰天地始者（分而）人生爲人莫不有丨心此歌曲所起也舜典曰詩言志歌永言聲依永律和聲詩序曰在心為志發言為詩情動於中而形於言言之不足故嗟嘆之嗟嘆之不足故永歌之永歌之不足不知手之舞之足之蹈之樂記曰詩言其志歌咏其聲舞動其容三者本於心然後樂器從之故有心則有詩有詩則有歌有歌則有聲律有聲律則有

樂歌永言即詩也非於詩外求歌也今先定音節乃製詞從之倒置矣而士大夫又分詩與樂府作兩科古詩或名曰樂府謂詩之可歌也故樂府中有歌有謠有吟有引有行有曲今人於古樂府特指為詩之流而以詞就音始名樂府非古也舜命夔教胄子詩歌聲律率有次第又語禹曰予欲聞六律五聲八音在治忽以出納五言其君臣賡歌九功南風卿雲之歌必聲律隨具古者采詩命太師為樂章祭祀宴射鄉飲皆用之故曰正得失動天地感鬼神莫近於詩先王以是經夫婦成孝敬厚人倫美教化移風俗詩至於動天地感鬼神移風俗何也正謂播諸歌樂有

此效耳然中世亦有因管絃金石造以被之若漢文帝使慎夫人鼓瑟自倚瑟而歌漢魏作三調歌辭終非古法

古人初不定聲律因所感發為歌而聲律從之唐虞三代以来是也餘波至西漢末始絶西漢時今之所謂古樂府者漸興晋魏為盛隋氏取漢以來樂器歌章古調併入清樂餘波至李唐始絶唐中葉雖有古樂府而播在聲律則尠矣士大夫作者不過以詩一體自名耳蓋隋以來今之所謂曲子者漸興至唐稍盛今則繁聲淫奏殆不可數古歌變為古樂府古樂府變為今曲子其本一也後世風俗益不及古故相

懸耳而世之士大夫亦多不知歌詞之變

子語魯太師樂知樂深矣魯太師者亦可語此耶古者歌工樂工皆非庸人故摯適齊干適楚繚適蔡缺適秦方叔入河武入漢陽襄入海孔子録之八人中其一又見於家語孔子學琴於師襄子襄子曰吾雖以擊磬為官然能於琴今子於琴已習是也子貢問師乙賜宜何歌荅曰慈愛者宜歌商温良而能斷者宜歌齊寬而靜柔而正者宜歌頌廣大而靜疏達而信者宜歌大雅恭儉而好禮者宜歌小雅正直而靜廉而謙者宜歌風師乙賤工也學識乃至此又曰歌者上如抗下如墜曲如折止如槁木倨中矩勾中鈎纍

纍乎端如貫珠歌之妙不越此矣今有過鈞容班教坊者問曰某宜何歌必曰汝宜唱田中行曹元寵小令

劉項皆善作歌西漢諸帝如武宣類能之趙王幽死諸王負罪死臨絶之音曲折深迫廣川王通經好文辭為諸姬作歌尤奇古而高祖之戚夫人燕王旦之容華夫人兩歌又不在諸王下蓋漢初古俗猶在也東京以來非無作者大槩文采有餘情性不足高歡王壁之役士卒死者七萬人慙憤發疾歸使斛律金作敕勒歌其辭略曰山蒼〻天茫〻風吹草低見牛羊歡自和之哀感流涕金不知書能發揮自然之妙

如此當時徐庾輩不能也吾謂西漢後獨敕勒歌暨韓退之十琴操近古

荊軻入秦燕太子丹及賓客送至易水之上高漸離擊筑軻和而歌為變徵之聲士皆涕淚又前為歌曰風蕭〻兮易水寒壯士一去兮不復還復為羽聲慷慨士皆瞋目髮上指冠軻本非聲律得名乃能變徵換羽於立談間而當時左右聽者亦不憒〻也今人苦心造成一新聲便作幾許大知音矣

或問元次山補伏羲至商十代樂歌皮襲美補九夏歌是否曰名與義存二子補之無害或有其名而無其義有其義而名不可強訓吾未保二子之全得也

次山曰嗚呼樂聲自太古始百世之後盡亡古音樂
自太古始百世之後遂亡古辭次山知之晚也孔
子之時三皇五帝樂歌已不及見在齊聞韶至三月
不知肉味戰國秦火古器與音辭亡缺無遺
漢時雅鄭參用而鄭為多魏平荆州獲漢雅樂古曲
音詞存者四曰鹿鳴騶虞伐檀文王而左延年之徒
以新聲被寵復改易音辭止存鹿鳴一曲晋初亦除
之又漢代短簫鐃歌樂曲三國時存者有朱鷺艾如
張上之回戰城南巫山高将進酒之類凡二十二曲
魏吳稱號始改其十二曲晋興又盡改之獨玄雲釣
竿二曲名存而已漢代鞞舞三國時存者有殿前生

桂樹等五曲其辭則亡漢代胡角摩訶兜勒一曲張騫得自西域李延年因之更造新聲二十八解魏晉時亦亡晉以來新曲頗衆隋初盡歸清樂至唐武后時舊曲存者如白雪公莫舞巴渝白紵子夜團扇懊憹石城莫愁楊叛兒烏夜啼玉樹後庭花等止六十三曲唐中葉聲辭存者又止三十七有聲無詞者七今不復見唐歌曲比前世益多聲行於今辭見於今者皆十之三四世代差近尔大抵先世樂府有其名者尚多其義存者十之三其始辭存者十不得一若其音則無傳勢使然也

石崇以明君曲教其妾綠珠曰我本漢家子將適單

于庭昔為匣中玉今為糞土英綠珠亦自作懊憹歌
曰絲布澀難縫元伊侍孝武飲讌撫絃而歌怨詩曰
為君既不易為臣良獨難忠信事不顯乃有見疑患
周旦佐文武金縢功不刋推心輔王政二叔反流言
熊甫見王敦委任錢鳳將有異圖進說不納因告歸
臨與敦別歌曰徂風飈起蓋山陵氛霧蔽日玉石焚
往事既去可長歎念別惆悵會復難陳安死隴上歌
之曰隴上壯士有陳安軀幹雖小腹中寬愛養將士
同心肝驤驄父馬鐵鍛鞍七尺大刀奮如湍丈八蛇
矛左右盤十盪十決無當前戰始三交失蛇矛棄我
驤驄竄巖幽為我外援而懸頭西流之水東流河一

去不還李子何劉曜聞面嘉傷命樂府歌之晉以來
歌曲見於史者蓋如是耳
唐時古意亦未全喪竹枝浪淘沙拋毬樂楊柳枝乃
詩中絶句而定為歌曲故李太白清平調詞三章皆
絶句元白諸詩亦為知音者協律作歌白樂天守杭
元微之贈云休遣玲瓏唱我詩我詩多是別君辭自
注云樂人高玲瓏能歌歌予數十詩樂天亦醉戲諸
妓云席上争飛使君酒歌中多唱舍人詩又聞歌妓
唱前郡守嚴郎中詩云已留舊政布中和又付新詩
與艷歌元微之見人詠韓舍人新律詩戲贈云輕新
便妓唱凝妙入僧禪沈亜之送人序云故友李賀善

撰南北朝樂府故詞其所賦尤多怨鬱悽艷之巧誠以蓋古排今使為詞者莫得偶矣惜乎其終亦不備聲絃唱然唐史稱李賀樂府數十篇雲韶諸工皆合之絃管又稱李益詩名與賀相埒每一篇成樂工爭以賂求取之被聲歌供奉天子又稱元微之詩往往播樂府舊史亦稱武元衡工五言詩好事者傳之往往被於管絃又舊說開元中詩人王昌齡高適王渙之詣旗亭飲梨園伶官亦招妓聚燕三人私約曰我輩擅詩名未定甲乙試觀諸伶謳詩分優劣一伶唱昌齡二絶句云寒雨連江夜入吴平明送客楚帆孤洛陽親友如相問一片氷心在玉壺奉帚平明金殿

開強将團扇共徘徊玉顔不及寒鴉色猶帶昭陽日影來一伶唱適絶句云開篋淚沾臆見君前日書夜臺何寂寞猶是子雲居涣之曰佳妓所唱如非我詩終身不敢與子争衡不然子等列拜牀下須臾妓唱黄沙遠上白雲間一片孤城萬仞山羌笛何須怨楊柳春風不度玉門關涣之揶揄二子曰田舍奴我豈妄哉以此知李唐伶妓取當時名士詩句入歌曲蓋常俗也蜀王衍召嘉王宗壽飲宣華苑命宮人李玉簫歌衍所撰宮詞云輝〻赫〻浮五雲宣華池上月華春月華如水暎宮殿有酒不醉真癡人五代猶有此風今亡矣近世有取陶淵明歸去來李太白把酒問

明月李長吉将進酒大蘇公赤壁前後賦協入聲律此
暗合孫吳耳 其美
元微之序樂府古題云操引謠謳歌曲詞調八名起
於郊、祭軍賓吉凶苦樂之際在音聲者因聲以度詞審
調以節唱句度短長之數聲韻平上之差莫不由之
準度而又别其在琴瑟者為操引採民甿者為謳謡
備曲度者摠謂之歌曲詞調斯皆由樂以定詞非選
詞以配樂也詩行詠吟題怨歎章篇九名皆屬事而
作雖題號不同而悉謂之為詩可也後之審樂者往
往取其詞度為歌曲蓋選詞以配樂非由樂以定詞
也微之分詩與樂府作兩科固不知事始又不知後

世俗變凡十七名皆詩也詩即可歌可被之管絃也元以八名者近樂府故謂由樂以定詞九名者本諸詩故謂選辭以配樂今樂府古題具在當時或由樂定詞或選詞配樂初無常法習俗之變安得齊一

古人善歌得名不擇男女戰國時男有秦青薛談王豹綿駒瓠梁女有韓娥漢高祖大風歌教沛中兒歌之武帝用事甘泉圜丘使童男女七十人歌漢以來男有虞公發李延年朱顧仙朱子尚吴安泰韓發秀女有麗娟莫愁孫瑣陳左宋容華王金珠唐時男有陳不謙謙子意奴高玲瓏長孫元忠侯貴昌韋青李龜年米嘉榮李衮何戡田順郎何滿郝三寶黎可及

栁恭女有穆氏方等念奴張紅〻張好〻金谷里茱
永新娘御史娘栁青娘謝阿蠻胡二姉寵妲盛小叢
樊素唐有態李山奴任智方四女洞雲令人獨重女
音不復問能否而士大夫所作歌詞亦尚婉媚古意
盡矣政和間李方叔在陽翟有攜善謳老翁過之者
方叔戲作品令云唱歌須是玉人檀口皓齒氷膚意
傳心事語嬌聲顫字如貫珠老翁雖是解歌無柰雪
鬢霜鬚大家且道是伊模樣怎如念奴方叔固是沉
於習俗而語嬌聲顫那得字如貫珠不思甚矣
或問雅鄭所分曰中正則雅多哇則鄭至論也何謂
中正凡陰陽之氣有中有正故音樂有正聲有中聲

二十四氣歲一周天而統以十二律中正之聲正聲得正氣中聲得中氣則可用中正用則平氣應故曰中正以平之若乃得正氣而用中律得中氣而用正律律有短長氣有盛衰太過不及之弊起矣自楊子雲之後惟魏漢津曉此東坡曰樂之所以不能致氣召和如古者不得中聲故也樂不得中聲者氣不當律也東坡知有中聲蓋見孔子及伶州鳩之言恨未知正聲耳近梓潼雍嗣侯者作正笙訣琴數還相為宮解律呂逆順相生圖大槩謂知音在識律審律在習數故師曠之聰不以六律不能正五音諸譜以律通不過者率皆淫哇之聲嗣侯自言得律呂真數著

説甚詳而不及中正
或曰古人因事作歌輸寫一時之意意盡則止故歌無定句因其喜怒哀樂聲則不同故句無定聲今音節皆有轄束而一字一拍不敢輙增損何與古相戾歟予曰皆是也今人固不及古而本之情性稽之度數古今所尚各因其所重昔堯民亦擊壤歌先儒為搏拊之説亦曰所以節樂樂之有拍非唐虞創始寔自然之度數也故明皇使黄幡綽寫拍板譜幡綽畫一耳於紙以進曰拍從耳出牛僧孺亦謂拍為樂句嘉祐間汴都三歲小兒在母懷飲乳聞曲皆撚手指作拍應之不差雖然古今所尚治體風俗各因其所重

不獨歌樂也古人豈無度數今人豈無性情用之各有輕重但今不及古耳今所行曲拍使古人復生恐未能易

碧雞漫志卷第一

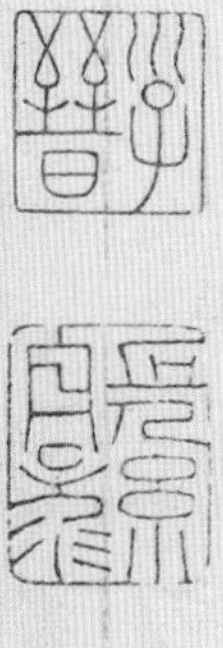

碧雞漫志卷第二

唐末五代文章之陋極矣獨樂章可喜雖乏高韻而一種奇巧各自立落不相沿襲在士大夫猶有可言若昭宗野煙生碧樹陌上行人去豈非作者諸國僭主中李重光王衍孟昶霸主錢俶習於富貴以歌酒自娛而莊宗同父興代北生長戎馬間百戰之餘亦造語有思致國初平一宇内法度禮樂浸復全盛而士大夫樂章頓衰於前日此尤可怪　唐昭宗以李茂正之故欲幸太原至渭北韓建迎奉歸華州上鬱鬱不樂時登城西齊雲樓眺望制菩薩蠻曲曰登樓遥望秦宮殿茫茫只見雙飛燕渭水一條流千山

與萬丘野烟生碧樹陌上行人去安得有英雄迎歸大内中又曰飄颻且在三峯下秋風往〻堪沾灑腸斷憶仙宮朦朧烟霧中思夢時〻睡不語長如醉早晚是歸期穹蒼知不知

王荆公長短句不多合繩墨處自雍容奇特晏元獻公歐陽文忠公風流醖藉一時莫及而温潤秀潔亦無其比東坡先生以文章餘事作詩溢而作詞曲高處出神入天平處尚臨鏡笑春不顧儕輩或曰長短句中詩也為此論者乃是遭柳永野狐涎之毒詩與樂府同出豈當分異若從柳氏家法正自不分異耳晁無咎黄魯直皆學東坡韻製得七八黄晚年間放

於狹邪故有少踈蕩處後來學東坡者葉少藴蒲大受亦得六七其才力比晁黄差劣蘇在庭石耆翁入東坡之門矣短氣跼步不能進也趙德麟李方叔皆東坡客其氣味殊不近趙婉而李俊各有所長晚年皆荒醉汝潁京洛間時時出滑稽語賀方回周美成晏叔原僧仲殊各盡其才力自成一家賀周語意精新用心甚苦毛澤民黄載萬次之叔原如金陵王謝子弟秀氣勝韻得之天然將不可學仲殊次之（如）殊之贍晏反不逮也張子野秦少游俊逸精妙少游屢困京洛故踈蕩之風不除陳無己所作數十首號曰語業妙處如其詩但用意太深有時僻澁陳去非徐師

川蘇養直呂居仁韓子蒼朱希真陳子高洪覺範佳
處亦各如其詩王輔道履道善作一種俊語其失在
輕浮輔道誇捷敏故或有不縝密李漢老富麗而韻
平々舒信道李元膺思致妍密要是波瀾小謝無逸
字々求工不敢輙下一語如刻削通草人都無筋骨
要是力不足然則獨無逸乎曰頗多有之此最著者
尔宗室中明發伯山久從汝洛名士游下筆有逸韻
雖未能一一盡奇比國賢聖褒則過之王逐客才豪
其新麗處與輕狂處皆足驚人沈公述李景元孔方
平處度叔姪晁次膺萬俟雅言皆有佳句就中雅言
又絕出然六人者源流從柳氏來病於無韻雅言初

自集分兩體曰雅詞曰側艷目之曰勝萱麗藻後召試入官以側艷體無賴太甚削去之再編成集分五體曰應制曰風月脂粉曰雪月風花曰脂粉才情曰雜類周美成目之曰大聲次膺亦間作側體田不伐才思與雅言抗行不聞有側艷田中行極能寫人意中事雜以鄙俚曲盡要妙當在萬俟雅言之右然莊語輒不佳嘗執一扇書句其上云玉蝴蝶戀花心動語人曰此聯三曲名也有能對者吾下拜北里狹邪間橫行者也宗室温之次之長短句中作滑稽無賴語起於至和嘉祐之前猶未盛也熙豐元祐間兖州張山人以詼諧獨步京師時出一兩解澤州孔三傳

者首創諸宮調古傳士大夫皆能誦之元祐間王齊叟彥齡政和間曹組元寵皆能文每出長短句膾炙人口彥齡以滑稽語譟河朔組潦倒無成作紅窗迥及雜曲數百解聞者絕倒滑稽無賴之魁也寅緣遭遇官至防禦使同時有張袞臣者組之流亦供奉禁中號曲子張觀察其後祖述者益衆嫚戲汙賤古所未有組之子知閤門事勳字公顯亦能文嘗以家集刻板欲蓋父之惡近有旨下揚州毀其板云

柳耆卿樂章集世多愛賞該洽序事閒暇有首有尾亦間出佳語又能擇聲律諧美者用之惟是淺近卑俗自成一體不知書者尤好之予嘗以比都下富兒

雖脫村野而聲態可憎前輩云離騷寂寞千年後戚
氏淒涼一曲終戚氏柳所作也柳何敢知世間有離
騷惟賀方回周美成時時得之賀六州歌頭望湘人
吴音子諸曲周大酺蘭陵王諸曲最奇崛或謂深勁
乏韻此遭柳氏野狐涎吐不出者也歌曲自唐虞三
代以前秦漢以後皆有造語險易則無定法今必以
斜陽芳草淡煙細雨繩墨後來作者愚甚矣故曰不
知書者尤好耆卿

長短句雖至本朝盛而前人自立與真情衰矣東坡
先生非心醉於音律者偶尔作歌指出向上一路新
天下耳目弄筆者始知自振今少年妄謂東坡移詩

律作長短句十有八九不學柳耆卿則學曹元寵雖
可笑亦毋用笑也
歐陽永叔所集歌詞自作者三之一耳其間他人數
章群小因指為永叔起曖昧之謗
晏叔原歌詞初號樂府補亡自序曰往與二三忘名
之士浮沉酒中病世之歌詞不足以析酲解愠試續
南部諸賢作五七字語期以自娛不皆叙所懷亦兼
寫一時杯酒間聞見及同遊者意中事嘗思感物之
情古今不異竊謂篇中之意昔人定已不遺第今無
傳耳故今所製通以補世名之始時沈十二廉叔陳
十君龍家有蓮紅蘋雲工以清謳娛客每得二詞即

以草授諸兒吾三人聽之為一笑樂其大指如此叔原於悲歡合離寫衆作之所不能而嫵於夸故云昔人定已不遺第今無傳蓮紅蘋雲皆篇中數見而世多不知為兩家歌兒也其後目為小山集黄魯直序之云嬉弄於樂府之餘寓以詩人句法清壯頓挫能動搖人心又云狹邪之大雅豪士之鼓吹其合者高唐洛神之流其下者不減桃葉團扇若乃妙年美士近知酒色之娛苦節臞儒晚悟裙裾之樂鼓之舞之使宴安酖毒而不悔則叔原之罪也哉叔原年未至乞身退居京城賜第不踐諸貴之門蔡京重九冬至日遣客求長短句欣然兩為作鷓鴣天九日悲秋不

到心鳳城歌管有新音風彫碧栁愁眉淡露染黄花
笑靨深初過鴈已聞砧綺羅叢裡勝登臨須教月户
纎〻玉細捧霞觴艷〻金曉日迎長歳〻同太平簫
鼓間歌鍾雲高未有前村雪梅小初開昨夜風羅幕
翠錦筵紅釵頭紅勝寫宜冬從今屈指春期近莫使
金罇對月空竟無一語及蔡者
江南某氏者解音律時〻度曲周美成與有瓜葛每
得一解即爲製詞故周集中多新聲賀方回初在錢
塘作青玉案魯直喜之賦絶句云解道江南斷腸句
只今惟有賀方回賀集中如青玉案者甚衆大抵二
公卓然自立不肯浪下筆予故謂語意精新用心甚

苦
吾友黃載萬歌詞號樂府廣變風學富才贍意深思
遠直與唐名輩相角逐又輔以高明之韻未易求也
吾每對之嘆息誦東坡先生語曰彼嘗從事於此然
後知其難不知者以為苟然而已夏幾道序之曰惜
乎語妙而多傷思窮而氣不舍賦才如此反嗇其壽
無乃情文之兆歟載萬所居齋前梅花一株甚盛因
錄唐以來詞人才士之作凡數百首為齋居之玩命
曰梅苑其序云呈妍月夕奪霜雪之鮮吐臭風晨象
椒蘭之酷情涯殆絕鑒賞斯在莫不抽毫襞彩比聲
裁句召楚雲使興歌命燕玉以按節粧臺之篇實筵

之章可得而述爲樂府廣變風有賦梅花數曲亦自奇特

蘭畹曲會孔寧極先生之子方平所集序引稱無爲莫知非其自作者稱魯逸仲皆方平隱名如子虛烏有亡是之類孔平日自號滍皐漁父與姪處度齊名李方叔詩酒侶也

崇寧間建大晟樂府周美成作提舉官而製撰官又有七萬俟詠雅言元祐詩賦科老手也三舍法行不復進取放意歌酒自稱大梁詞隱每出一章信宿喧傳都下政和初召試補官寘大晟樂府製撰之職新廣八十四調患譜弗傳雅言請以盛德大業及祥瑞

事迹制詞實譜有旨依月用律月進一曲自此新譜
稍傳時田爲不伐亦供職大樂衆謂樂府得人云
易安居士京東路提刑李格非文叔之女建康守趙
明誠德甫之妻自少年便有詩名才力華贍逼近前
輩在士大夫中已不多得若本朝婦人當推詞采第
一趙死再嫁某氏訟而離之晚節流蕩無歸作長短
句能曲折盡人意輕巧尖新姿態百出閭巷荒淫之
語肆意落筆自古搢紳之家能文婦女未見如此無
顧籍也陳後主遊宴使女學士狎客賦詩相贈荅采
其尤豔麗者被以新聲不過璧月夜〻滿瓊樹朝〻
新等語李戡嘗痛元白詩纖豔不逞非莊士雅人多

為其破壞流於民間子父女母交口教授淫言媟語冬寒夏熱入人肌骨不可除去二公集尚存可考也元與白書自謂近世婦人暈淡眉目綰約頭鬟衣服修廣之度 配色澤尤劇恠艷因為艷詩百餘首今集中不載元會真詩白夢遊春詩所謂纖艷不逞淫言媟語止此耳温飛卿號多作側辭艷曲其甚者合懽桃葉終堪恨裡許元來別有人玲瓏骰子安紅豆入骨相思知不知亦止此耳今之士大夫學曹組諸人鄙穢歌詞則為艷麗如陳之女學士狎客為纖艷不逞淫言媟語如元白為側詞艷曲如温飛卿皆不敢也其風至閨房婦女夸張筆墨無所羞畏殆不可

使李戡見也
向伯恭用蒲庭芳曲賦木犀約陳去非朱希真蘇養直同賦月窟蟠根雲巖分種者是也然三人皆用清平樂和之去非云黄衫相倚翠葆層層底八月江南風日美弄影山腰水尾楚人未識孤妍離騷遺恨千年無住庵中新事一枝嗅起幽禅希真云人間花少菊小芙蓉老冷淡仙人偏得道買定西風一笑前身元是江梅黄姑點破冰肌只有暗香猶在飽參清似南枝養直云斷崖流水香度青林底元配騷人蘭與芷不數春風桃李淮南叢桂小山詩翁合得躋攀身到十洲三島心遊萬壑千巖後伯恭再賦木犀亦寄

清平樂贈韓璜叔夏云吳頭楚尾踏破芒鞋底萬壑
千巖秋色裡不柰惱人風味如今老我薌林世間百不
關心獨喜愛香韓壽能來同醉花陰韓和云秋光如
水釀作鵝黃蟻散入千巖佳樹裡惟許脩門人醉輕
鈿重上風鬟不禁月冷霜寒步障深沉歸去依然愁
滿江山初劉原父亦於清平樂賦木犀云小山叢桂
最有人留意拂葉攀花無限思雨溼濃香滿袂別來
過了秋光翠簾昨夜新霜多少月宮閑地姮娥借與
微芳同一花一曲賦者六人必有第其高下者正宮
白苧曲賦雪者世傳紫姑神作寫至追昔燕然畫角
寶鑰珊瑚是時丞相虛作銀城換得或問出處荅云

天上文字汝那得知末後句又恐東君暗遣花神先到南國昨夜江梅漏泄春消息殊可喜也予舊同僚郝宗文嘗春初請紫姑神既降自稱蓬萊仙人玉英書浪淘沙曲云塞上早春時暖律猶微柳舒金線拂回堤料得江鄉應更好開盡梅溪晝漏漸遲遲愁損仙機幾回無語歛雙眉凭遍欄干十二曲日下樓西

沈公述為韓魏公之客魏公在中山門人多有賜環之望沈秋日作霜葉飛詞云謾贏得相思甚了東君早作歸來計便莫惜丹青手重與芳菲萬紅千翠為魏公發也

賀方回石州慢予舊見其藁風色收寒雲影弄晴改

作薄雨收寒斜照弄晴又氷垂玉筯向午滴瀝簷楹泥融消盡墻陰雪改作煙横水際映帶幾點歸鴻東風消盡龍沙雪

宇文叔通久留虜中不得歸立春日作迎春樂曲云寶幡綵勝堆金縷雙燕釵頭舞人間要識春來處天際鴈江邉樹故國鶯花又誰主念憔悴幾年羈旅把酒祝東風吹取人歸去

周美成初在姑蘇與營妓岳七楚雲者遊甚久後歸自京師首訪之則已從人矣明日飲於太守蔡巒子高坐中見其妹作點絳唇曲寄之云遼鶴西歸故鄉多少傷心事短書不寄魚浪空千里憑仗桃根說與

相思意愁何際舊時衣袂猶有東風淚
何文縝在館閣時飲一貴人家侍兒惠柔者解帕子為贈約牡丹開再集何甚屬意歸作虞美人曲曲中隱其名云分香帕子揉藍膩欲去慇懃惠重來直待牡丹時只恐花知知後故開遲別來看盡閑桃李日日欄干倚催花無計問東風夢作一雙胡蝶遶芳叢何書此曲與趙詠道自言其張本云
王齊叟彥齡元祐副樞巖叟之弟任俊得聲初官太原作望江南數十曲嘲府縣同僚遂併及帥帥怒甚因衆入謁面責彥齡何敢尔豈恃兄貴謂吾不能劾治耶彥齡執手板頓首帥前曰居下位只恐被人謾

昨日只吟青玉案幾時曾做望江南試問馬都監帥不覺失笑衆亦匿笑去今别素質曲此事憑誰知證有樓前明月窓外花影者彥齡作也娶舒氏亦有詞翰婦翁武選彥齡事之素不謹因醉酒嫚駡翁不能堪取女歸竟至離絶舒在父家一日行池上懷其夫作點絳脣曲云獨自臨流興來時把欄干凭舊愁新恨耗却來時興鷺散魚潛烟斂風初定波心静照人如鏡少个年時影

水調歌頭瑶草一何碧春入武陵溪溪上桃花無數花上有黄鸝世傳爲魯直子建炎初見石耆翁言此莫少虛作也莫此詞本始耆翁能道其詳予嘗見莫

浣溪沙曲寶釧緗裙上玉梯雲重應恨翠樓低愁同芳草兩萋萋又云歸夢悠颺見未真繡衾恰有暗香薰五更分得楚臺春造語頗工晚年心醉富貴不復事文筆

古書亡逸固多存於世者亦恨不盡見李義山絶句云本來銀漢是紅牆隔得盧家白玉堂誰與王昌報消息盡知三十六鴛鴦而唐人使王昌事尤數世多不曉古樂府中可互見然亦不詳也一曰相逢狹路間道隘不容車如何兩少年挾轂問君家君家誠易知易知復難忘黃金為君門白玉為君堂堂上置樽酒使作邯鄲倡中庭生桂樹華燈何煌煌兄弟兩三

人中子爲侍郎五日一來歸道上自生光黄金絡馬頭觀者滿路傍入門時左顧但見雙鴛鴦鴛鴦七十二羅列自成行一曰河中之水向東流洛陽女兒名莫愁莫愁十三能織綺十四採桑南陌頭十五嫁爲盧家婦十六生兒字阿侯盧家蘭室桂爲梁中有鬱金蘇合香頭上金釵十二行足下絲履五文章珊瑚桂鏡爛生光平頭奴子提履箱人生富貴何所望恨不嫁與東家王以三章互考之即知樂府前篇所謂白玉堂與鴛鴦七十二乃盧家然義山稱三十六者三十六雙即七十二也又知樂府後篇所謂東家王即王昌也余少年時戲作清平樂曲贈妓盧姓者云

盧家白玉為堂于飛多少鴛鴦縱使東墻隔斷莫愁應念王昌黃載萬亦有更漏子曲云憐宋玉許王昌東西鄰短墻子每戲謂人曰載萬似曾經界兩家來蓋宋玉好色賦稱東鄰之子即宋玉為西鄰也東家王即東鄰也載萬用事如此之工世徒知石城有莫愁不知洛陽亦有之前輩言樂府兩莫愁正謂此也又韓致光詩何必苦勞魂與夢王昌祗在此墻東業唱歌者沈亞之目為聲家又曰聲黨又曰貢聲中禁李義山云王昌且在墻東住未必金堂得免嫌又云欲入盧家白玉堂新春催破舞衣裳對雪云又入盧家妬玉堂

陳無已作浣溪沙曲云暮葉朝花種種陳三秋作意問詩人安排雲雨要新清隨意且須追去馬輕衫從使着行塵晚窓誰念一愁新本是安排雲雨要清新以末後句新字韻遂倒作新清世言無已喜作莊語其弊生硬是也詞中暗帶陳三念一兩名亦有時不莊語乎

碧雞漫志卷第二

碧雞漫志卷第三

霓裳羽衣曲說者多異予斷之曰西涼創作明皇潤色又為易美名其他飾以神怪者皆不足信也唐史云河西節度使楊敬忠獻凡十二遍白樂天和元微之霓裳羽衣曲歌云由來能事各有主楊氏創聲君造譜自注云開元中西涼節度使楊敬述造鄭愚津陽門詩注亦稱西涼府都督楊敬述進予又考唐史突厥傳開元間涼州都督楊敬述為暾欲谷所敗白衣檢校涼州事樂天鄭愚之說是也劉夢得詩云開元天子萬事足惟惜當年光景促三鄉陌上望仙山歸作霓裳羽衣曲仙心從此在瑶池三清八景相追

隨天上忽乘白雲去世間空有秋風詞李肱霓裳羽衣曲詩云開元太平時萬國賀豐歲梨園進舊曲玉座流新製鳳管迭參差霞衣競摇曳元微之法曲詩云明皇度曲多新態宛轉浸淫易沈着赤白桃李取花名霓裳羽衣號天落樂劉詩謂明皇望女几山持志求仙故退作此曲當時詩今無傳疑是西涼獻曲之後明皇三鄉眺望發興求仙因以名曲忽乘白雲去空有秋風詞譏其無成也李詩謂明皇厭梨園舊曲故有此新製元詩謂明皇作此曲多新態霓裳羽衣非人間服故號天落樂然元指為法曲而樂天亦云法曲法曲歌霓裳政和世理音洋洋開元之人樂且

西涼既獻此曲而三人者又謂明皇製作予以是知

康又知其為法曲一㪷也夫西涼創作明皇潤色者也杜佑理道要訣云天寶十三載七月改諸樂名中使輔璆琳宣進旨令於太常寺刊石內黃鍾商婆羅門曲改為霓裳羽衣曲津陽門詩注葉法善引明皇入月宮聞樂歸笛寫其半會西涼都督楊敬述進婆羅門聲調脗同合遂以月中所聞為散序敬述所進為其腔製霓裳羽衣月宮事荒誕惟西涼進婆羅門曲明皇潤色又為易美名最明白無疑異人録云開元六年上皇與申天師中秋夜同遊月中見一大宮府榜曰廣寒清虛之府兵衛守門不得入天師引上皇躍超煙霧中下視玉城仙人道士乘雲駕鶴往來其間

素娥十餘人舞笑於廣庭大樹下樂音嘈雜清麗上
皇歸編律成音製霓裳羽衣曲逸史云羅公遠中秋
侍明皇宮中翫月以柱杖向空擲之化爲銀橋與帝
升橋寒氣侵人遂至月宮女仙數百素練霓衣舞于
廣庭上問曲名曰霓裳羽衣上記其音歸作霓裳羽
衣曲鹿革事類云八月望夜葉法善與明皇遊月宮
聆月中天樂問曲名曰紫雲回默記其聲歸傳之名
曰霓裳羽衣此三家者皆誌明皇遊月宮其一申文
師同遊初不得曲名其一羅公遠同遊得今曲名其
一葉法善同遊得紫雲回曲名易之雖大同小異要
皆荒誕無可稽据杜牧之華清宮詩月聞仙曲調霓

作舞衣裳詩家搜奇入句非決然信之也又有甚者開元傳信記云帝夢遊月宮聞樂聲記其曲名紫雲回楊妃外傳云上夢仙子十餘輩各執樂器御雲而下一人曰此曲神仙紫雲回今授陛下明皇雜録及仙傳拾遺云明皇用葉法善術上元夜自上陽宮往西凉州觀燈以鐵如意質酒而還遣使取之不誣幽怪録云開元正月望夜帝欲與葉仙師觀廣陵俄虹橋起殿前師奏請行但無回顧帝步上高力士樂官數十從頃之到廣陵士女仰望曰仙人現師請令樂官奏霓裳羽衣一曲乃回後廣陵奏上元夜仙人乘雲西來臨孝感寺奏霓裳羽衣曲而去上大悅唐人喜

言開元天寶事而荒誕相凌奪如此將使誰信之予以是知其他飾以神怪者皆不足信也王建詩云弟子歌中留一色聽風聽水作霓裳歐陽永叔詩話以不曉聽風聽水為恨蔡絛詩話云出唐人西域記龜茲國王與臣庶知樂者於大山間聽風水聲均節成音後翻入中國如伊州甘州涼州皆自龜茲致此說近之但不及霓裳予謂涼州定從西涼來若伊與甘自龜茲致而龜茲聽風水造諸曲皆未可知王建全章餘亦未見但弟子歌中留一色恐是指梨園弟子則何豫於龜茲置之勿論可也按唐史及唐人諸集諸家小說楊太真進見之日奏此曲導之妃亦善此

舞帝嘗以趙飛燕身輕成帝為置七寶避風臺事戲妃曰尔則任吹多少妃曰霓裳一曲足掩前古而宮妓珮七寶瓔絡舞此曲曲終珠翠可掃故詩人云貴妃宛轉侍君側體弱不勝珠翠繁冬雪飄颻錦袍暖春風蕩漾霓裳翻又云天閤沉沉夜未央碧雲仙曲舞霓裳一聲玉笛向空盡月滿驪山宮漏長又云霓裳一曲千峯上舞破中原始下來又云漁陽鼙鼓動地來驚破霓裳羽衣曲又云世人莫重霓裳曲曾致干戈是此中又云雲雨馬嵬分散後驪宮無復聽霓裳又云霓裳滿天月粉骨幾春風帝為太上皇就養南宮遷于西宮梨園弟子玉琯發音聞此曲一聲則

天顏不怡左右歔欷其後憲宗時每大宴間作此舞
文宗時詔太常卿馮定采開元雅樂製雲韶雅樂及
霓裳羽衣曲是時四方大都邑及士大夫家已多按
習而文宗乃令馮定製舞曲者疑曲存而舞節非舊
故就加整頓焉李後主作昭惠后誄云霓裳羽衣曲
綿茲喪亂世罕聞者獲其舊譜殘缺頗甚暇日與后
詳定去彼淫繁定其缺墜蓋唐末始不全蜀檮杌稱
三月上巳王衍宴怡神亭衍自執板唱霓裳羽衣後
庭花思越人曲決非開元全章洞微志稱五代時齊
州章丘北村任六郎愛讀道書好湯餅得犯天麥毒
疾多唱異曲八月望夜待月私第六郎執板大謳一

曲有水鳥野雀數百集其舍屋傾聽自適曰此即昔人霓裳羽衣者衆請於何得笑而不荅既得之邪疾使此聲果傳亦未足信按明皇改婆羅門為霓裳羽衣屬黃鍾商云時號越調即今之越調是也白樂天嵩陽觀夜奏霓裳詩云開元遺曲自凄凉況近秋天調是商又知其為黃鍾商無疑歐陽永叔云人間有瀛府獻仙音二曲此其遺聲瀛府屬黃鍾獻仙音屬小石調了不相干永叔知霓裳羽衣為法曲而瀛府獻仙音為法曲中遺聲今合兩个宫調作霓裳羽衣一曲遺聲亦太踈矣筆談云蒲中逍遥樓楣上有唐人横書類梵字相傳是霓裳譜字訓不通莫知是非

或謂今燕部有獻仙音曲乃其遺聲然霓裳本謂之道調曲獻仙音乃小石調尔又嘉祐雜誌云同州樂工翻河中黄翻綽霓裳譜鈎容樂工士守程以爲非是别依法曲造成教坊伶人花日新見之題其後云法曲雖精莫近望瀛予謂筆談知獻仙音非是乃指爲道調法曲則無所著見獨理道要訣所載係當時朝旨可信不誣雜誌謂同州樂工翻河中黄翻綽譜雖不載何宫調安知非道遥樓楣上横書耶今并士守程譜皆不傳樂天和元微之霓裳羽衣曲歌云磬簫箏笛遞相攙擊擫吹弾聲邐迤注云凡法曲之初衆樂不齊惟金石絲竹次第發聲霓裳序初亦復如此又

云散序六奏未動衣陽臺宿雲慵不飛中序擘騞初入拍秋竹竿裂春氷折注云散序六遍無拍故不舞中序始有拍亦名拍序又云繁音急節十二遍跳珠撼玉何鏗錚翔鸞舞了却收翅唳鶴曲終長引聲注云霓裳十二遍而曲終凡曲將終皆聲拍促速惟霓裳之末長引一聲筆談云霓裳曲凡十二疊前六疊無拍至第七疊方謂之疊遍自此始有拍而舞筆談沈存中譔沈指霓裳羽衣爲道調法曲則是未常見舊譜今所云豈亦得之樂天乎世有般涉調拂霓裳曲因石曼卿取作傳踏述開元天寶舊事曼卿云本是月宮之音飜作人間之曲近蘷帥曾端伯增損其

辭為勾遺隊口號亦云開寶遺音蓋二公不知此曲
自屬黃鍾商而拂霓裳則般涉調也宣和初普府守
山東人王平詞學華贍自言得夷則商霓裳羽衣譜
取陳鴻白樂天長恨歌傳并樂天寄元微之霓裳羽
衣曲歌又雜取唐人小詩長句及明皇太真事終以
微之連昌宮詞補綴成曲刻板流傳曲十一段起第
四遍第五遍第六遍攧入破虛催袞實催袞歌拍殺
袞音律節奏與白氏歌注大異則知唐曲今世決不
復見亦可恨也又唐史稱客有以按樂圖示王維者
無題識維徐曰此霓裳第三疊最初拍也客未然引
工按曲乃信予嘗笑之霓裳第一至第六疊無拍者

皆散序故也類音家所行大品安得有拍樂圖必作舞女而霓裳散序六疊以無拍故不舞又畫師於樂器上或吹或彈止能畫一箇字諸曲皆有此一字豈獨霓裳唐孔緯拜官教坊優伶求利市緯呼使前索其笛指竅問曰何者是浣溪沙孔籠子諸伶大笑此與畫圖上定曲名何異

凉州曲唐史及傳載稱天寶樂曲皆以邊地為名若凉州伊州甘州之類曲遍聲繁名入破又詔道調法曲與胡部新聲合作明年安禄反凉伊甘皆陷土蕃史及開元傳信記亦云西凉州獻此曲寧王憲曰音始宫散於商成於角祉羽斯曲也宫離而不屬商亂

而加暴君卑逼下臣借犯上臣恐一日有播遷之禍
及安史亂世頗思憲審音而楊妃外傳乃謂上皇居
南内夜與妃侍者紅桃歌妃所製涼州詞上因廣其
曲今流傳者益加明皇雜録亦云上初自巴蜀回夜
乘月登樓命妃侍者紅桃歌涼州即妃所製上親御
玉笛為倚樓曲曲罷無不感泣因廣其曲傳於人間
予謂皆非也涼州在天寶時已盛行上皇巴蜀回居
南内乃肅宗時那得始廣此曲或曰因妃所製詞而
廣其曲者亦詞也則流傳者益加豈亦詞乎舊史及
諸家小說謂妃善舞邃曉音律不稱善製詞今妃外
傳及明皇雜録所云夸誕無實獨帝御玉笛為倚樓

曲因廣之傳人間似可信但非涼州耳唐史又云其聲本宮調今涼州見於世者凡七宮曲曰黄鍾宮道調宮無射宮中吕宮南吕宮仙吕宮高宮不知西涼所獻何宮也然七曲中知其三是唐曲黄鍾道調高宮者是也脞說云西涼州本在正宮正元初康崑崙飜入琵琶玉宸宮調初進在玉宸殿故以名合衆樂即黄鍾也予謂黄鍾即俗呼正宮崑崙豈能捨正宮外別制黄鍾涼州乎因玉宸殿奏琵琶就易美名此樂工夸大之常態而脞說便謂飜入琵琶玉宸宮調新史雖取其說止云康崑崙寓其聲於琵琶奏於玉宸殿因號玉宸宮調合諸樂則用黄鍾宮得之矣張

祐詩云春風南內百花時道調梁州急遍吹揭手便拈金椀舞上皇驚笑悖拏兒又幽閑鼓吹云元載子伯和勢傾中外福州觀察寄樂妓數十人使者半歲不得通窺伺門下有琵琶康崑崙出入乃厚遺求通伯和一試盡付崑崙段和上者自製道調梁州崑崙求譜不許以樂之半為贈乃傳據張祐詩上皇時已有此曲而幽閑鼓吹謂段師自製未知孰是白樂天秋夜聽高調涼州詩云樓上金風聲漸緊月中銀字韻初調促張絃柱吹高管一曲涼州入沉寥大呂宮俗呼高宮其商為高大石其羽為高般涉所謂高調乃高宮也史及脞說又云涼州有大遍小遍非也凢

大曲有散序靸排遍攧正攧入破虛催實催衮遍歌指殺衮始成一曲此謂大遍而凉州排遍予曾見一本有二十四段後世就大曲製詞者類從簡省而管絃家又不肯從首至尾吹彈甚者學不能盡元微之詩云逡巡大遍梁州徹又云凉州大遍最豪嘈及胜說謂有大遍小遍其悞識此乎

伊州見於世者凡七商曲大石調高大石調雙調小石調歇指調林鍾商越調第不知天寶所製七商中何調耳王建宮詞云側商調裏唱伊州林鍾商今夷則商也管色譜以凡字殺若側商即借尺字殺

甘州世不見今仙呂調有曲破有八聲慢有令而中

吕調有象甘州八聲它宫調不見也凡大曲就本宫調制引序慢近令盖度曲者常態若象甘州八聲即是用其法於中吕調此例甚廣僞蜀毛文錫有甘州遍顧瓊李珣有倒排甘州顧瓊又有甘州子皆不著宫調

胡渭州明皇雜録云開元中樂工李龜年兄弟三人皆有才學盛名彭年善舞鶴年龜年能歌製渭州曲特承顧遇於東都大起第宅僭侈之制踰於公侯唐史吐蕃傳亦云奏凉州胡渭録要雜曲今小石調胡渭州是也然世所行伊州胡渭州六么皆非大遍全曲

六幺一名緑腰一名樂世一名録要元微之琵琶歌云緑腰散序多攏撚又云管兒還為彈緑腰緑腰依舊聲迢〻又云逡巡彈得六幺徹霜刀破竹無殘節沈亞之歌者葉記云合韻奏緑腰又誌盧金蘭墓云為緑腰玉樹之舞唐史吐蕃傳云奏涼州胡渭録要雜曲段安節琵琶録云緑腰本録要也樂工進曲上令録其要者白樂天楊栁枝詞云六幺水調家〻唱白雪梅花處〻吹又聽歌六絶句內樂世一篇云管急絃繁拍漸稠緑腰宛轉曲終頭誠知樂世聲〻樂老病人聽未免愁注云樂世一名六幺王建宮詞云琵琶先抹六幺頭故知唐人以腰作幺者惟樂天與

王建耳或云此曲拍無過六字者故曰六么至樂天又獨謂之樂世它書不見也青箱雜記云曲有録要者録霓裳羽衣曲之要拍霓裳羽衣乃宫調與此曲了不相關士大夫論議嘗患講之未詳率然而發事與理交違幸有証之者不過如聚訟耳若無人攻擊後世随以憒憒或遺禍於天下樂曲不足道也琵琶録又云正元中康崑崙琵琶第一手兩市祈雨闘聲樂崑崙登東綵樓彈新翻羽調緑腰必謂無敵曲罷西市樓上出一女郎抱樂器云我亦彈此曲兼移在楓香調中下撥聲如雷絶妙入神崑崙拜請為師女郎更衣出乃僧善本俗姓段今六么行於世者四曰

黃鍾羽即俗呼般涉調曰夾鍾羽即俗呼中呂調曰林鍾羽即俗呼高平調曰夷則羽即俗呼仙呂調皆羽調也崑崙所謂新韈今四曲中一數乎或它羽調乎是未可知也段師所謂楓香調無所著見今四曲中一類乎或他調乎亦未可知也歐陽永叔云貪看六么花十八此曲內一疊名花十八前後十八拍又四花拍共二十二拍樂家者流所謂花拍蓋非其正也曲節抑揚可喜舞亦隨之而舞築毬六么至花十八益奇

碧雞漫志卷第三

碧雞漫志卷第四

蘭陵王　北齊史及隋唐嘉話稱齊文襄之子長恭封蘭陵王與周師戰嘗著假面對敵擊周師金墉城下勇冠三軍武士共謌謠之曰蘭陵王入陣曲今越調蘭陵王凡三段二十四拍或曰遺聲也此曲聲犯正宫管色用大凡字大一字勾字故亦名大犯又有大石調蘭陵王慢殊非舊曲周齊之際未有前後十六拍慢曲子耳

虞美人　脞說稱起於項籍虞兮之歌予謂後世以此命名可也曲起於當時非也曾子宣夫人魏氏作虞美人草行有云三軍散盡旌旗倒玉帳佳人坐中老

香魂夜逐劍光飛青血化為原上草芳菲寂寞寄寒枝舊曲聞來似斂眉又云當時遺事久成空慷慨樽前為誰舞亦有就曲誌其事者世以為工其詞云帳前草草軍情變月下旌旗亂褫衣推枕愴離情遠風吹下楚歌聲正三更撫騅欲上重相顧艷態花無主手中蓮鍔凜秋霜九泉歸去是仙鄉恨茫茫黃載萬追和之壓倒前輩矣其詞云世間離恨何時了不為英雄少楚歌聲起伯圖休缺十字蒿荒葵老蕪城暮玉貌知何處至今芳草解婆娑只有當年情（視）晛未銷磨按益州草木記雅州名山縣出虞美人草如雞冠花葉兩兩相對為唱虞美人曲應

拍而舞它曲則否賈氏談録褒斜山谷中有虞美人狀如鷄冠大葉相對或唱虞美人則兩葉如人拊掌之狀頗中節拍酉陽雜俎云舞草出雅州獨莖三葉葉如決明一葉在莖端兩葉居莖之半相對人或近之歌及抵掌謳曲葉動如舞益部方物圖賛改虞作娛云今世所傳虞美人曲下音俚調非楚虞姬作意其草纖柔為歌氣所動故其葉至小者或若動搖美人以為娛耳筆談云高郵桑景舒性知音舊聞虞美人草遇人作(唱)虞美人曲枝葉皆動它曲不然試之如所傳詳其曲皆吳音也它日取琴試用吳音製一曲對草鼓之枝葉亦動乃目曰虞美人操其聲調與舊

曲始末不相近而草輙應之者律法同管也今盛行江吳閒人亦莫知其如何為吳音東齋記事云虞美人草唱他曲亦動傳者過矣予考六家說各有異同方物圖贊最穿鑿無所稽據舊曲固非虞姬作若便謂下音俚調嘻其甚矣亦聞蜀中數處有此草予皆未之見恐種族異則所感歌亦異然舊曲三其一屬中呂調其一中呂宮近世轉入黃鍾宮此草應拍而舞應舊曲乎新曲乎桒氏吳音合舊曲乎新曲乎恨無可問者又不知吳草與蜀產有無同類也

安公子通典及樂府雜録稱煬帝將幸江都樂工王令言者妙達音律其子彈胡琵琶作安公子曲令言

驚問那得此對曰宮中新翻令言流涕曰慎毋從行宮君也宮聲往而不返大駕不復回矣據理道要訣唐時安公子在太簇角令已不傳其見於世者中呂調有近般涉調有令然尾聲皆無所歸宿亦異矣

水調歌理道要訣所載唐樂曲南呂商時號水調予數見唐人說水調各有不同予因疑水調非曲名乃俗呼音調之異名今決矣按隋唐嘉話煬帝鑿汴河自制水調歌即是水調中制歌也世以今曲水調歌爲煬帝自製今曲乃中呂調而唐所謂南呂商則今俗呼中管林鍾商也脞說云水調河傳煬帝將幸江都時所製聲韻悲切帝喜之樂工王令言謂其弟子

曰不返矣水調河傳但有去聲此說與安公子事相
類蓋水調中河傳也明皇雜録云禄山犯順議欲遷
幸帝置酒樓上命作樂有進水調歌者曰山川滿目
淚沾衣富貴榮華能幾時不見只今汾水上惟有年
年秋鴈飛上問誰爲此曲曰李嶠上曰眞才子不終
飲而罷此水調中一句七字曲也白樂天聽水調詩
云五言一遍最殷勤調少情多但有因不會當時翻
曲意此聲腸斷爲何人脞說亦云水調第五遍五言
調聲最愁苦此水調中一句五字曲又有多遍似是
大曲也樂天詩又云時唱一聲新水調謾人道是採
菱歌此水調中新腔也南唐近事云元宗留心内寵

宴私擊鞠無虛日嘗命樂工楊花飛奏水調詞進酒花飛惟唱南朝天子好風流一句如是數四上悟覆杯賜金帛此又一句七字然既曰命奏水調詞則是令楊花飛水調中撰詞也外史檮杌云王衍泛舟巡閬中舟子皆衣錦繡自製水調銀漢曲此水調中製銀漢曲也今世所唱中呂調水調歌乃是以俗呼音調異名者名曲雖首尾亦各有五言兩句決非樂天所聞之曲河傳唐詞在者二其一屬南呂宮凡前段平韻後側韻其一乃今怨王孫曲屬無射宮以此知煬帝所製河傳不傳已久然歐陽永叔所集詞內河傳附越調亦怨王孫曲今世河傳乃仙呂調皆令也

萬歲樂唐史云明王分樂爲二部堂下立奏謂之立部伎堂上坐奏謂之坐部伎坐部伎六曲而鳥歌萬歲樂居其四鳥歌者武后作也有鳥能人言萬歲因以制樂通典云鳥歌萬歲樂武太后所造時宮中養鳥能人言嘗稱萬歲爲樂以象之舞三人緋大袖並畫鸜鵒冠作鳥象又云今嶺南有鳥似鸜鵒能言名吉了了音料異哉武后也其爲昭儀至簒奪殺一后一妃而殺王侯將相中外士大夫不可勝計凶忍之極又殺諸武僅有免者又最甚則親生四子殺其二廢從其一獨睿宗危得脫視他人性命如糞草至聞鳥歌萬歲乃欲集慶厥躬蓋改年號永昌又因二齒生改

號長壽又號延載又號天冊萬歲又號萬歲通天又號長安自昔紀號祈祝未有如后之甚者在衆人則欲速死在一身則欲長久世無是理也按理道要訣唐時太簇商樂曲有萬歲樂或曰即鳥歌萬歲樂也又舊唐史元和八年十月汴州劉弘撰聖朝萬歲樂譜三百首以進今黃鍾宮亦有萬歲樂不知起前曲或後曲

夜半樂唐史云民間以明皇自潞州還京師夜半舉兵誅韋皇后製夜半樂還京樂二曲樂府雜録云明皇自潞州入平内難半夜斬長樂門關領兵入宮後撰夜半樂曲今黃鍾宮有三臺夜半樂中吕調有慢

有近拍有序不知何者爲正

何滿子白樂天詩云世傳滿子是人名臨就刑時曲始成一曲四詞歌八疊從頭便是斷腸聲自注云開元中滄州歌者姓名臨刑進此曲以贖死上竟不免元微之何滿子歌云何滿能歌能（聲）宛轉天寶年中世稱罕嬰刑繫在囹圄間下調哀音歌憤懣梨園弟子奏玄宗一唱承恩羈網緩便將何滿爲曲名御府親題樂府纂甚矣帝王不可妄有嗜好也明皇喜音律而罪人遂欲進曲贖死然元白平生交友聞見率同獨紀此事少異盧氏雜說云甘露事後文宗便殿觀牡丹誦舒元輿牡丹賦嘆息泣下命樂適情宮人沈

翹翹舞何滿子詞云浮雲蔽白日上曰汝知書耶乃賜金臂環又薛逢何滿子詞云繫馬宮槐老持杯菊店黄故交今不見流恨滿川光五字四句樂天所謂一曲四詞庚幾是也歌八疊疑有和聲如漁父小秦王之類今詞屬雙調兩段各六句内五句各六字一句七字五代時尸鶚李珣亦同此其他諸公所作往往只一段而六句各六字皆無復有五字者字句既異即知非舊曲樂府雜録云靈武刺史李靈曜置酒坐客姓駱唱何滿子皆称妙絶白秀才者曰家有聲伎歌此曲音調不同召至令歌發聲清越殆非常音駱遽問曰莫是宮中胡二子否妓熟視曰君豈梨園

駱供奉耶相對泣下皆明皇時人也張祜作孟才人
嘆云偶因歌態詠嬌嚬傳唱宮中十二春却為一聲
何滿子下泉須弔孟才人其序稱武宗疾篤孟才人
以歌笙獲寵者密侍其右上目之曰吾當不諱尔何
為哉指笙囊泣曰請以此就縊上惘然復曰妾嘗藝
歌願對上歌一曲以泄憤許之乃歌一聲何滿子氣
亟立殞上令醫候之曰脉尚温而腸已絶上崩將徙
柩舉之愈重議者曰非俟才人乎命其櫬至乃舉僞
蜀孫光憲何滿子一章云冠劒不隨君去江河還共
恩深似為孟才人發祜又有宮詞云故國三千里深
宮二十年一聲何滿子雙淚落君前其詳不可得而

聞也

凌波神開元天寶遺事云帝在東都夢一女子高髻廣裳拜而言曰妾凌波池中龍女久護宫苑陛下知音乞賜一曲帝爲作凌波曲奏之池上神出波閒楊妃外傳云上夢艷女梳交心髻大袖寬衣曰妾是陛下凌波池中龍女衛宫護駕實有功陛下洞曉鈞天之音乞賜一曲夢中爲鼓胡琴作凌波曲後於凌波池奏新曲池中波濤湧起有神女出池心乃夢中所見女子因立廟池上歲祀之明皇雜録云女伶謝阿蠻善舞凌波曲出入宫中及諸姨宅妃子待之甚厚賜以金粟粧臂環按理道要訣天寶諸樂曲名有凌

波神二曲其一在林鍾宫云時號道調宫然今之林
鍾宫即時號南吕宫而道調宫即古之仲吕宫也其
一在南吕商去時號水調今南吕商則俗呼中管林
鍾商也皆不傳予問諸樂工云舊見凌波曲譜不記
何宫調也世傳用之歌吹能招來鬼神因是久廢豈
以龍女見形之故相承為能招來鬼神乎
荔枝香唐史禮樂志云帝幸驪山楊貴妃生日命小
部張樂長生殿奏新曲未有名會南方進荔枝因名
曰荔枝香脞説云太真妃好食荔枝每歲忠州置急
遞上進五日至都天寶四年夏荔枝滋甚比開籠香
滿一室供奉李龜年撰此曲進之宣賜甚厚楊妃外

傳云明皇在驪山命小部音聲於長生殿奏新曲未有名會南海進荔枝因名荔枝香三說雖小異要是明皇時曲然史及楊妃外傳皆謂帝在驪山故杜牧之華清絕句云長安回望繡成堆山頂千門次第開一騎紅塵妃子笑無人知道荔枝來遯齋閑覽非之曰明皇每歲十月幸驪山至春乃還未嘗用六月詞意雖美而失事實予觀小杜華清長篇又有塵埃羯鼓索片段荔枝篋之語其後歐陽永叔詞亦云一從魂散馬嵬間只有紅塵無驛使滿眼驪山唐史既出永叔宜此詞亦尔也今歌指大石兩調皆有近拍不知何者為本曲

阿濫堆中朝故事云驪山多飛禽名阿濫堆明皇御玉笛採其聲翻為曲子名左右皆傳唱之播於遠近人競以笛效吹故張祜詩云紅樹蕭〻閣半開玉皇曾幸此宮來至今風俗驪山下村笛猶吹阿濫堆賀方回朝天子曲云待月上潮平波灔〻塞管孤吹新阿濫即謂阿濫堆江湖間尚有此聲予未之聞也嘗以問老樂工云屬夾鍾商按理道要訣天寶諸樂名堆作䭔屬黃鍾羽夾鍾商俗呼雙調而黃鍾羽則俗呼般涉調然理道要訣稱黃鍾羽時號黃鍾商調皆不可曉也

碧雞漫志卷第四

碧雞漫志卷第五

念奴嬌元微之連昌宮詩云初過寒食一百六店舍無煙宮樹綠夜半月高絃索鳴賀老琵琶定場屋力士傳呼覓念奴念奴潛伴諸郎宿須史覓得又連催特勑街中許燃燭春嬌滿眼淚紅綃掠削雲鬟旋裝東飛上九天歌一聲二十五郎吹管逐自注云念奴天寶中名倡善歌每歲樓下酺宴萬衆喧溢嚴安之韋黄裳輩闢易不能禁衆樂為之罷奏明皇遣高力士大呼樓上曰欲遣念奴唱歌仰二十五郎吹小管逐看能聽否皆悄然奉詔然明皇不欲奪俠遊之盛未嘗置在宮禁歲幸温湯時巡東洛有司潛遣從行

而已開元天寶遺事云念奴有色善歌宮妓中第一帝嘗曰此女眼色媚人又云念奴每執板當聲出朝霞之上今大石調念奴嬌世以為天寶間所製曲予固疑之然唐中葉漸有今體慢曲子而近世有填連昌詩入此曲者後復轉此曲入道調宮又轉入高宮大石調

雨淋鈴

明皇雜録及楊妃外傳云帝幸蜀初入斜谷天雨彌旬棧道中聞鈴聲帝方悼念貴妃採其聲為雨淋鈴曲以寄恨時梨園弟子惟張野狐一人善篳篥因吹之遂傳于世予考史及諸家説明皇自陳倉入散關出河池初不由斜谷路今劍州梓潼縣地名

上亭有古今詩刻記明皇聞鈴之地庻幾是也羅隱詩云細雨霏微宿上亭雨中因感雨淋鈴貴為天子猶魂斷窮著荷衣好涕零劍水多端何處去巴猿無賴不堪聽少年辛苦今飄蕩空愧生先教聚螢世傳明皇宿上亭雨中聞牛鐸聲悵然而起問黃幡綽鈴作何語曰謂陛下特郎當特郎當俗稱不整治也明皇一笑遂作此曲楊妃外傳又載上皇還京後復幸華清從官嬪御多非舊人於望京樓下命張野狐奏雨淋鈴曲上四顧悽然自是聖懷耿耿但吟刻木牽絲作老翁雞皮鶴髮與真同須臾弄罷寂無事還似人生一世中杜牧之詩云零葉翻紅萬樹霜玉蓮開

榮煖泉香行雲不下朝元閣一曲淋鈴淚數行張祐詩云雨淋鈴夜却歸秦猶是張徽一曲新長說上皇和淚教月明南内更無人張徽即張野狐也或謂祐詩言上皇出蜀時曲與明皇雜録楊妃外傳不同祐意明皇入蜀時作此曲至雨淋鈴夜却又歸秦猶是張野狐向來新曲非異說也元微之琵琶歌云淚垂捍撥朱絃濕冰泉嗚咽流鸎澁因玆彈作雨淋鈴風雨蕭條鬼神泣今雙調雨淋鈴慢頗極哀怨真本曲遺聲

清平樂松窗録云開元中禁中初重木芍藥得四本紅紫淺紅通白繁開上乘照夜白太真妃以步輦從

李龜年手捧檀板押衆樂前將欲歌之上曰焉用舊詞爲命龜年宣翰林學士李白立進清平調詞三章白承詔賦詞龜年以進上命梨園弟子約格調撫絲竹促龜年歌太真妃笑領歌意甚厚張君房脞説指此爲清平樂曲按明皇宣白進清平調詞乃是令白於清平調中製詞蓋古樂取聲律高下合爲三曰清調平調側調此謂三調明皇止令就擇上兩調偶不樂側調故也況白詞七字絶句與今曲不類而樽前集亦載此三絶句止目曰清平詞然唐人不深考妄指此三絶句耳此曲在越調唐至今盛行今世又有黄中宫黄中商兩音者歐陽炯稱白有應制清平樂

四首往〻是也

春光好羯鼓録云明皇尤受羯鼓玉笛云八音之領袖時春雨始晴景色明麗帝曰對此豈可不與他判斷命取羯鼓臨軒縱擊曲名春光好回顧柳杏皆已微拆上曰此一事不喚我作天工可乎令夾鍾宮屬二月之律明皇依月用律故能判斷如神予曰二月柳杏拆久矣此必正月用二月律催之也春光好近世或易名愁倚欄

菩薩蠻南部新書及杜陽編云大中初女蠻國入貢危髻金冠纓絡被體號菩薩蠻隊遂製此曲當時倡優李可及作菩薩蠻隊舞文士亦往〻聲其詞大中迺

宣宗紀號也北夢瑣言云宣宗愛唱菩薩蠻詞令狐
相國假温飛卿新撰密進之戒以勿泄而遽言於人
由是踈之温詞十四首載花間集今曲是也李可及
所製蓋止此則其舞隊不過如近世傳踏之類耳
望江南樂府雜録云李衛公為亡妓謝秋娘撰望江
南亦名夢江南白樂天作憶江南三首第一江南好
第二第三江南憶自注云此曲亦名謝秋娘每首五
句予考此曲自唐至今皆南吕宫字句亦同止是今
曲两段蓋近世曲子無單遍者然衛公為謝秋娘作
此曲已出两名樂天又名以憶江南又名以謝秋娘
近世又取樂天首句名以江南好予嘗嘆世間有改

易錯亂悮人者是也
文淑子盧氏雜説云文宗善吹小管僧文淑爲入内
大德得罪流之弟子收拾院中籍入家具猶作師講
聲上採其聲製曲曰文淑子予考資治通鑑敬宗寶
曆二年六月己卯幸興福寺觀沙門文淑俗講敬文
相繼年祀極近豈有二文淑哉至所謂俗講則不可
曉意此僧以俗談侮聖言誘聚群小至使人主臨觀
爲一笑之樂死尚晚也今黄鍾宫大石調林鍾商歇
指調皆有十拍令未知孰是而淑字或悮作序并緒
塩角兒嘉祐雜誌云梅聖俞説始教坊家人市塩於
紙角中得一曲譜翻之遂以名今雙調塩角兒令是

也歐陽永叔嘗製詞
唱駄子洞微志云屯田員外郎馮敢景德三年為開
封府界撿澇户田宿史胡店日落忽見三婦人過店
前入西畔古佛堂敢料其鬼也携僕王侃詣之延坐
飲酒稱二十六舅毋者請王侃歌送酒三女側聽十
四姨者曰何名也侃對曰唱駄子十四姨曰非也此
曲单州營妓教頭葛大姉所撰新聲梁祖作四鎮時
駐兵魚臺值十月二十一生日大姉獻之梁祖令李
振填詞付後騎唱之以押馬隊因謂之葛大姉及戰
德（得）勝口（回）始流傳河北軍中競唱俗以押馬隊故訛曰
唱駄子莊皇入洛亦愛此曲謂左右曰此亦古曲葛

氏但更五七聲耳李珣瓊瑶集有鳳臺一曲注云俗謂之喝馱子不載何宫調今世道調宫有慢勾讀與古不類耳

後庭花南史云陳後主每引賓客對張貴妃等游宴使諸貴人及女學士與狎客共賦新詩相贈荅采其尤麗者為曲調其曲有玉樹後庭花通典云玉樹後庭花堂〻黄鸝留金釵兩臂垂並陳後主造恒與宫女學士及朝臣相唱和為詩太樂令何胥採其尤輕艷者為此曲予因知後主詩胥以配聲律遂取一句為曲名故前輩詩云玉樹歌翻王氣終景陽鍾動曉樓空又云後庭花一曲幽怨不堪聽又云萬户千門成

野草只緣一曲後庭花又云綵牋曾襞欺江揔綺閣塵銷玉樹空商女不知亡國恨隔江猶唱後庭花又云玉樹歌闌海雲黑花庭忽作青蕪國又云後庭餘唱落舡窓又云後庭新聲嘆樵牧又云不知即入宮前井猶自聽吹玉尌花吴蜀鷄冠花有一種小者高不過五六尺或紅或淺紅或白或淺白世目曰後庭花又按國史纂異雲陽縣多漢離宮故地有樹似槐而葉細土人謂之玉樹楊雄甘泉賦玉樹青葱左思以為假稱珎怪者實非也似之而已予謂雲陽既有玉樹即甘泉賦中未必假稱陳後主玉樹後庭花或者疑是兩曲謂詩家或稱玉樹或稱後庭花少有連

稱者僞蜀時孫光憲毛熙震李珣有後庭花曲皆賦後主故事不著宮調兩段各四句似令也今曲在兩段各六句亦令也

西河長命女崔元範自越州幕府拜侍御史李訥尚書餞於鑑湖命盛小叢歌坐客各賦詩送之有云爲公唱作西河調日暮偏傷去住人理道要訣長命女西河在林中鍾羽時號平調今俗呼高平調也脞說云張紅〻者大曆初隨父歌丐食過將軍衛青所居青納爲姬自傳其藝穎悟絕倫有樂工取古西河長命女加減節奏頗有新聲未進閒先歌於青青令紅〻潛聽以小豆數合記其拍眙云女弟子久歌此非新

曲也隔屏奏之一聲不失樂工大驚請與相見嘆伏不已蕉云有一聲不穩今已正矣尋達上聽召入宜春院寵澤隆異宮中號記曲小娘子尋為才人按此曲起開元以前大曆間樂工加減節奏紅〻又正一聲而已花間集和凝有長命女曲偽蜀李珣瓊瑤集亦有之句讀各異然皆今曲子不知孰為古製林鐘羽并大曆加減者近世有長命女令前七拍後九拍屬仙呂調宮調句讀並非舊曲又別出大石調西河慢聲犯正平極奇古蓋西河長命女本林鐘羽而近世所分二曲在仙呂正平兩調亦羽調也

楊柳枝鑑戒録云柳枝歌亡隋之曲也前輩詩云萬

里長江一旦開岸邉楊柳幾千栽錦帆未落干戈起
惆悵龍舟去不回又云樂苑隋堤事已空萬條猶舞
舊春風皆指汴渠事而張祜折楊柳枝兩絶句其一
云莫折宫前楊柳枝玄宗曾向笛中吹傷心日暮烟
霞起無限春愁生翠眉則知隋有此曲傳至開元樂
府雜録云白傳作楊柳枝予考樂天晚年與劉夢得
唱和此曲詞白云古歌舊曲君休聽聽取新翻楊柳
枝又作楊柳枝二十韻云樂童翻怨調才子與妍詞
注云洛下新聲也劉夢得亦云請君莫奏前朝曲聽
唱新翻楊柳枝蓋後來始變新聲而所謂樂天作楊
柳枝者稱其别創詞也今黄鍾商有楊柳枝曲仍是

七字四句詩與劉白及五代諸子所製並同但每句下各增三字一句此乃唐時和聲如竹枝漁父今皆有和聲也舊詞多側字起頭平字起頭者十之一二今詞盡皆側字起頭第三句亦復側字起聲度差穩耳

麥秀兩岐文酒清話云唐封舜臣性輕佻德宗時使湖南道經金州守張樂燕之執盃索麥秀兩岐曲樂工不能封謂樂工曰汝山民亦合聞大朝音律守為杖樂工復行酒封又索此曲樂工前乞侍郎舉一遍封為唱徹衆已盡記於是終席動此曲封既行守密寫曲譜言封燕席事郵筒中送與潭州牧封至潭牧

亦張樂燕之倡優作襤褸數婦人抱男女筐筥歌麥秀兩岐之曲叙其拾麥勤苦之由封面如死灰歸過金州不復言矣今世所傳麥秀兩岐今在黄中（鍾）宫唐罇前集載和凝一曲與今曲不類

碧雞漫志卷第五終

己酉三月望日錢遵王假毛黼季汲古閣本校定譌闕惜家藏舊本少第二卷無從是正為恨

天籟集二卷摭遺一卷

◎

〔元〕白樸撰

清康熙楊友敬刻本

白蘭谷天籟集序

明寧獻王權譜元人曲作者凡一百八十有七人白仁父居第三維次東籬小山之下而喻之鵰摶九霄其矜許也至矣余少日避兵練浦村舍無書覽金元院本最

喜仁父秋夜梧桐雨劇以爲出關鄭之上及輯唐宋元人詩餘爲詞綜憾未得仁父隻字意世多復有儲藏者康熙庚辰八月之望六安楊希洛氏千里造余袖中出蘭谷天籟集則仁父之詞也

前有王尚書子勉序述仁父門世本末頗詳始知仁父名朴又字太素爲樞判寓齋之子後又有洪武中國子助教江陰孫大雅序及安丘儒學教諭松江曹安贊余因攷元人詩集則匯獨遺山元氏与

樞判衿契若秋澗王氏雪樓程氏
皆有与白氏父子往來贈送之詩
蓋寓齋子三人仁父仲氏也其伯
仲則誠父敬父敬父官江西理問
雪樓送其之官有思君還讀寓
齋詩之句此亦敬父昆弟之父執

矣白氏於明初由姑孰徙六安是集希洛得之於其裔孫駒將刊行屬余正其誤乃析為二卷序其端竹垞老人朱彝尊

下詩詞篇翰在在有之是編計詞二百餘首名天籟集
兵燹散失其孫演得之姑孰士大夫家傳寫失真字多
謬誤余既考訂一二歸之比名赴京復求語以叙之余
惟先生詞章翰墨揮灑奮迅出於天才既以得名當時
板行於世余又何足以輕重哉然有不可以不一言者
先生出處大節微而婉曲而肆庸人孺子所不能識非
志和龜蒙林君復徃而不返之儔可同日語故序以著
其出處之大較云洪武丁巳春二月國學助教江陰孫
大雅敘

樂府始於漢著於唐盛於宋大槩以情致為主秦晁賀晏雖得其體然哇淫靡曼之聲勝東坡稼軒矯之以雄詞英氣天下之趨向始明近時元遺山每遊戲於此擬古詩之精英備諸家之體製而以林下風度消融其膏粉之氣白樞判寓齋序云裕之法度最備誠為確論宜其獨步當代光前人而冠來者也元白為中州世契兩家子弟每舉長慶故事以詩文相往來太素即寓齋仲子於遺山為通家姪甫七歲遭壬辰之難寓齋以事遠適明年春京城變遺山遂挈以北渡自是不茹葷血人

問其故曰俟見吾親則如初嘗罹疫遺山晝夜抱持凡六日竟於臂上得汗而愈蓋視親子弟不啻過既讀書頴悟異常兒日親炙遺山謦欬談笑悉能默記數年寓齋北歸以詩謝遺山云顧我真成喪家狗賴君曾護落巢兒居無何父子卜築於滹陽律賦為專門之學而太素有能聲號後進之翹楚者遺山每過之必問為學次第常贈之詩曰元白通家舊諸郎獨汝賢未幾生長見聞學問博覽然自幼經喪亂蒼皇失母便有山川滿目之歎逮國亡恒鬱鬱不樂以故放浪形骸期於適意中

統初開府史公將以所業力薦之於朝再三遜謝棲遲衡門視榮利蔑如也太素與予三十年之舊亦汲會於江東嘗與予言作詩不及唐人未可輕言詩平生留意於長短句散失之餘僅二百篇顧吾子（脫字）讀之數過辭語遒麗情寄高遠音節協和輕重穩愜凡當歌對酒感事興懷皆自肺腑流出予因以天籟名之噫遺山之後樂府名家者何人殘膏賸馥化為神奇亦於太素集中見之矣然則繼遺山者不屬太素而奚屬哉知音者覽其所作然後知予言之不為過太素名朴舊字仁甫

蘭谷其號云至元丁亥春二月上休日正議大夫行御
史臺中丞西溪老人王博文子勉序

像贊

二

堯舜在上巢許在下箕潁清風千
載可亞如谷之虛如蘭之馨不爲
利徑不求幸生降志
辱身依隱玩世孰
識其全以卒于義
江陰孫大雅

猗嗟先生挺生前代肥
遯林泉才華超邁富有
文辭名曰天籟溪谷之蘭
芬芳猶在遺像儼然載
瞻載拜
淞曹安

滑稽玩世，知色藏多少，春苔秋月。天籟有詞人有像，還似遺山風節。松下巢由，竹間逸少，氣韻眞高潔。笠閒撫掌，溪山等是詩訣。見說多景樓前，鳳皇臺上，醉帽風欹裂。

千古英豪消歇盡江水至今悲咽
萬里投荒三年坐困一樣家燕絶
寄聲知否一盃當酹松雪

右調酹江月

吳興陳霆

詞傳天籟是聲音笑貌更臨遺照向難寫當年鄭謝心孤高轉向衣冠見

為白蘭谷天籟集中臨其
家藏遺像于卷首偶成
斷句

繡水王蓍

天籟集目録

蘭谷白朴太素著

卷上

卷下

天籟集卷上

蘭谷白朴太素著

春從天上來

至元四年恭遇聖節真定總府請作壽詞

樞電光旋應九五飛龍大造登乾萬國冠帶一氣陶甄天眷自古雄燕喜光臨彌月香浮動太液秋蓮鳳樓前看金盤承露玉鼎霏烟　梨園太平玅選贊虎拜猊觴鷺序鵷聯九奏虞韶三呼嵩嶽何用海上求僊但巖廊高拱瓜瓞衍皇祚綿綿萬斯年快康衢擊壤同戴堯天

奪錦標

奪錦標曲不知始自何時世所傳者惟僧仲殊一篇而已予每浩歌尋繹音節因欲效顰恨未得佳趣耳庚辰卜居建康暇日訪古采陳後主張貴妃事以成素志按後主既脱景陽井之厄隋元帥府長史高熲竟就戮麗華於青溪後人哀之其地立小祠祠中塑二女郎次則孔貴嬪也今遺構荒凉廟貌亦不存矣感歎之餘作樂府青溪怨

霜水明秋霞天送晚畫出江南江北滿目山圍故國三
閣餘香六朝陳迹有庭花遺譜[redacted]哀音令人嗟惜想當
時天子無愁自古佳人難得　惆悵龍沉宮井石上啼
痕猶點胭脂紅濕去去天荒地老流水無情落花狼藉
恨青溪留在渺重城烟波空碧對西風誰與招魂夢裏
行雲消息

得友人王仲常李文蔚書

孤影長嗟憑高眺遠落日新亭西北幸有山河在眼風
景留人楚囚何泣儘紛争蝸角筭都輸林泉閒適澹悠

悠流水行雲任我平生蹤跡　誰念江州司馬淪落天涯青衫未免沾濕夢裏封龍舊隱經卷琴囊酒樽詩筆對中天涼月且高歌徘徊今夕隴頭人應也相思萬里梅花消息

水調歌頭

詠月

銀蟾吸清露白兔檮玄霜青天萬古明月中有物著著想是臨風丹桂費盡斫雲玉斧秋蕊自芬芳印透一輪影吹下九天香　怪霜娥才二八減容光蛾眉幾畫新

樣晚鏡為誰妝見說開元天子曾到清虚僊府一曲聽霓裳何事便歸去空斷舞鸞腸

用前韻

明月復明月天宇淨新霜霜中養就白兔未覺玉容蒼照影來今往古圓缺陰晴幾度丹桂儼然芳遐想廣寒露誰得一枝香　恍瑶臺飛寶鏡散重光嫦娥久餌靈藥點出淡雲妝閒與風姨相聚不似天孫獨苦終日織僊裳脉脉望河鼓縈損幾柔腸

初至金陵諸公會飲因用北州集咸陽懷古韻

蒼烟擁喬木粉雉倚寒空行人日暮回首指點舊離宮好在龍蟠虎踞試問石城鍾阜形勢為誰雄慷慨一尊酒南北幾衰翁　賦朝雲歌夜月醉春風新亭何苦流涕興廢古今同朱雀橋邊野草白鷺洲邊江水遺恨幾時終喚起六朝夢山色有無中

諸公見賡前韻復自和數章戲呈施雪谷景悅

樓船萬艘下鍾阜一龍空臙脂石井猶在移出景陽宮花草吳時幽徑禾黍陳家古殿無復戍樓雄更道子山賦愁殺白頭翁　記當年南北恨馬牛風降旛一片飛

出難與向來同壁月瓊枝新恨結綺臨春好夢畢竟有時終莫唱後庭曲聲在淚痕中

感南唐故宮就隱括後主詞

南郊舊壇在北渡昔人空殘陽澹澹無語零落故王宮前日雕闌玉砌今日遺臺老樹尚想霸圖雄誰謂埋金地都屬賣柴翁　慨悲歌懷故國又東風不堪往事多少回首夢魂同借問春花秋月幾換朱顔緑鬢荏苒歲華終莫上小樓上愁滿月明中

又

朝花幾回謝春草幾回空人生何苦奔競勘破大槐宫
不入麒麟畫裏却喜鱸魚江上一宅了楊雄且飲建業
水莫羨富家翁　翫青山歌赤壁想高風兩翁今在何
許喚起一樽同繫住天邊白日抱得山間明月我亦遂
長終何必翳鸞鳳游戲太虚中

咸陽懷古復用前韻

鞭石下滄海海内漸成空君王日夜為樂高枕望夷宫
方歎東門逐兔又慨中原失鹿草昧起英雄不待素靈
哭已識斬蛇翁　笑重瞳徒叱咤凛生風阿房三月焦

土有罪與秦同秦固亾人六國楚復絶秦三世萬世果誰終我欲問天道政在不言中

擬遊茅山贈心遠提點

三峰足雲氣萬壑散秋聲茅君曾此成道山與地俱靈遥望蒼松紫檜疑是烟幢霧蓋冉冉下青冥鸞鶴故山夢香火歲時情　洞天開丹竈冷有遺經華陽自古招隱飛煉得長生慙媿山中宰相便許綸巾鶴氅相對聽吹笙何處滄浪水吾亦濯塵纓

冬至同行臺王子勉中丞韓君美侍御霍清夫

治書登周處讀書臺過古鹿苑寺

踈雲黯霧樹秋潦淨寒潭徘徊子隱臺下不見舊書龕鹿苑空餘蕭寺蟒穴誰傳郗氏聊此問瞿曇千古得欺罔一笑莫窮探　俯秦淮山倒影浴層嵐六朝城郭如故江北到江南三十六陂春水二十四橋明月好景入清談未醉更呼酒欲去且停驂

丙戌夏四月八日夜夢有人以三元秘秋水五言謂予請三元之義曰上中下也恍惚玩味可作水調歌頭首句恨秘字之義未詳後從相國

史公歡遊如平生俾賦樂章因道此句但不知
秘字何意公曰秘即封也甫一韻而寤後三日
成之以識其異
三元秘秋水□天人點破消息夢裏悟南華
河伯徒□歸毫末一笑井中蛙試問漆園
老誰是大方家□黄鐘推甲子定無差悠悠天理人
事風外萬飛沙且弄空山明月自薦寒泉秋菊睡起漱
朝霞更欲辨齊物銀海眩生花
予既賦前篇一日舉似京口郭義山義山曰此

詞固佳但詳夢中所得之句元者應謂水府今
止詠甲子及秋水篇事恐未盡也因請再賦
三元秘秋水秋水一何多江流滚滚無盡淮漢入包羅
遥想靈官神府坐閱潮頭風怒萬里瞰滄波浩蕩没鷗
鷺噴薄出蛟鼉　馬當山牛渚渡幾人過金鼇下瞰京
口舟楫避盤渦始信林生禱雨一濯黄泥盡許無奈旱
苗何我欲洗兵馬誰解挽天河
予兒時在遺山家阿姊嘗教誦先姊放言古今
忽白首感念之餘賦此詞云

韓非死孤憤虞叟坐窮愁懷沙千古遺恨郊島兩詩囚
堪笑井蛙褌蝨不道人生能幾肝肺自相讎政有一朝
樂不抵百年憂　嘆悠悠江上水自東流紅顏不暇一
惜白髮忽盈頭我欲拂衣遠引直上嵩山絶頂把酒勸
浮丘藉此兩黄鵠浩蕩看齊州

又

北風下庭緑容鬢入霜華回首北望鄉國雙淚落清笳
天地悠悠逆旅歲月匆匆過客吾也豈匏瓜四海有知
已何地不爲家　五溪魚千里菜九江茶從他造物留

住辦作老生涯不顧酒中有聖但顧心頭無事高枕卧
烟霞晚節憶吹帽籬菊漸開花
至元戊寅爲江西吕道山参政壽
香風萬家曉和氣九江春朝回冠蓋得意玉季和金昆
屈指登高舊節側耳稱觴新語採菊舊芳樽南土愛王
粲東閣壽平津　節龍香符虎重印龜新弓刀千騎如
水曾爲下南閩墻外陰陰桃李庭下輝輝蘭玉一笑指
莊椿更看濟時了高卧道山雲
十月海棠

金盤薦華屋銀燭照紅妝歡遊曾何多少風雨送春忪
只道神仙漸遠爭信情緣未斷自有返魂香萬木盡搖
落穠艷又芬芳　憶真妃春睡足按霓裳馬嵬西下回
首野日淡無光不避山茶小雪似愛江梅新月踈影伴
昏黃誰喚□起呵手染臙霜

夜醉西樓為楚英作

雙眸翦秋水十指露春葱仙姿不受塵污縹緲玉芙蓉
舞徧柘枝遺譜歌盡桃花團扇無語到東風此意復誰
解我輩正情鍾　喜相從詩卷裏酒杯中纏頭安用百

萬自有海犀通日日東山高興夜夜西樓好夢斜月小
簾櫳何物寫幽思醉墨錦箋紅

水龍吟

丙午秋到維揚途中值雨甚怏然

短亭休唱陽關柳絲惹盡行人怨鴛鴦隻影荷枯葦淡
沙寒水淺紅綬雙銜玉簪中斷苦難留戀更黃花細雨
征鞍催上青衫淚一時濺　回首孤城不見黯秋空去
鴻一線情緣未了誰教重賦春風人面鬪草閒庭採香
幽徑舊曾行遍謾今宵酒醒無言有恨恨天涯遠

公前三字用仄者見田不伐洋嘔集水龍吟二
首皆如此曲妙於音蓋■無疑或用平字恐不
堪協雲和署樂工宋奴伯婦王氏以洞簫合曲
宛然有承平之意乞詞於予故作以贈會好事
者為王氏寫真末章及之

綵雲蕭史臺空洞天誰是驂鸞伴傷心記得開元遊幸
連昌別館力士傳呼念奴供唱阿郎吹筦悵無情一枕
繁華夢覺流年又暗中換　邂逅京都兒女歡遊徧畫
樓東畔樽前一曲餘音嫋嫋驪珠相貫日落邯鄲月明

燕市儘堪腸斷倩丹青細染風流圖画寫崔嶶半

送史總帥鎮西川時■混一

壯懷千載風雲玉龍無計三冬卧天教喚起崢嶸才器人稱王佐豹略深藏虎符榮佩君恩重荷看旌旗動色軍容一變鵰翼展先聲播　我望金陵王氣儘消磨區區江左樓船萬艤瞿塘東瞰徒橫鐵鎖八陣名成七擒功就南夷膽破待他年画像麒麟閣上為將軍賀

九月四日為江州總管楊文卿壽

鴈門天下英雄策勲宜在平吳後金符佩虎青雲飄蓋

名藩坐守千里江皋一時淮甸掃清殘寇看人歸厚德
天𢇁餘慶階庭畔芝蘭秀　我望戟門如畫氣佳哉危
亭新搆年年此席風流長占中秋重九丹桂留香綠橙
供味碧萸催酒有廬山絕頂蒼蒼五老贊君侯壽

登岳陽樓感鄭生龍女事譜大曲薄媚

洞庭春水如天岳陽樓上誰開晏飄零鄭子危欄倚遍
山長恨遠何處蘭舟彩霞浮漾笙簫一片有蛾眉起舞
含嚬凝睇分明是舊仙媛　風起魚龍浪捲望行雲飄
然不見人生幾許悲歡離聚情鍾難遣問道當時氾人

能誦招魂九辯又何如乞我輕綃數尺寫湘中怨

九日同諸公會飲鍾山望草堂有感

倚天鍾阜龍蟠四時青壁雲烟潤陂陀十里蒼髯夾路清風緩引蘭若西邊草堂别崦遺基猶認自猿驚鶴怨山人去後誰更向此中隱　獨愛丹崖碧巘枕平川人家相近登臨對酒茱萸香細蕣苔坐穩老計菟裘故應來就林泉佳邂怕烟霞笑我塵容俗狀把山英問

送張大經御史就用公九日韻兼簡盧處道副使使寧國買按察司時

繡衣攬轡西行慨然有志人知否江山好處留連光景一杯別酒世事無端惱人方寸十常八九對霜松露菊荒寒三徑等閒又登高後　問訊宣城太守幾栽詩画堂清晝山長水濶思君不見踟躕搔首却羡行雲暫留還去無心出岫笑窮途歲晚江頭送客唱青青柳

遺山先生有醉鄉一詞僕飲量素慳不知其趣獨閒居嗜睡有味因為賦此

醉鄉千古人行看來直到亡何地如何物外華胥境界昇平夢寐鸞馭翩翩蝶魂栩栩俯觀羣蟻恨周公不見

莊生一去誰真解黑甜味　聞道希夷高臥占三峰華
山重翠尋常羨殺清風嶺上白雲堆裏不負平生笑来
惟有日高春睡有林間剥啄忘機幽鳥喚先生起
　曹光輔教授凡和三十首不能盡錄姑記其一
云
世間清苦禪和了心才到安閒地藜牀兀兀經年打
坐頹然假寐却甚牀邊偶聞牛鬬不知喧蟻怪藤條
臨濟饑餐困臥方會得箇中味　爭似橫江樓上入
簾櫳好山供翠悠悠萬事從今都付黃糧炊裏朝暮

陰晴定應不廢平生甘睡笑傍人問我何當夢覺為
蒼生起

用前韻贈答光輔

倚闌千里風烟下臨吳楚知無地有人高枕樓居長夏
晝眠夕寐驚覺游僊紫毫吐鳳玉觴吞蟻更誰人似得
淵明太白詩中趣酒中味　慙媿東溪處士待他年好
山分翠人生何苦紅塵陌上白頭浪裏四壁窗明兩盂
粥罷暫時打睡儘聞雞祖逖中宵狂舞蹴劉琨起

予始賦睡詞諸公賡和三十餘首一日友人王

文卿攜餚來訪話及梁園舊遊因感其事復用

前韻

萬金不買青春老来可惜歡娛地有時記得江樓深夜解鞍留寐蘭焰噴虹寶香薰麝玉醅篘蟻更誰能細說當年風韻江瑶柱荔枝味　漂泊江湖萬里渺難尋採菱拾翠何心更到折枝圖上賣花聲裡蓬鬢刁騷角巾欹墮枕書聊睡恨悤悤未辦蓴鱸歸棹又秋風起

念奴嬌

題鎮江多景樓用坡僊韻

江山信美快平生一覽南州風物落日金焦浮紺宇鐵甕猶殘城辟雲擁潮来水隨天去幾點沙鷗雪消磨不盡古今天寶人傑　遥望石塚巉然參軍此葬萬刼誰能發桑梓龍荒驚嘆後幾度生靈埋滅往事休論酒杯纔近照見星星髮一聲長嘯海門飛上明月

中秋效李敬齋體每句用月字

一輪月好正人間八月涼生襟袖萬古山河歸月影表裏月明光透月桂婆娑月香飄蕩修月香人手深沉月殿月蛾誰念消瘦　今夕乘月登樓天低月近對月能

無酒把酒長歌邀月飲明月正堪為友月向人圓月和人醉月是承平舊年年賞月願人如月長久

中秋重九人間佳節也古今賦詠固多予早年嘗記僧仲璋九日述懷一篇與此篇格相同恐歲久無傳就附於此（仲璋俗姓閻法諱志璉號山泉道人落魄嗜酒滑稽玩世頗為時人所愛）

消磨九日算年年惟有黃花白酒把酒簪花能有幾七十光陰回首人壽難期酒盃有限花色應如舊花穠酒釅問君著甚消受　彭澤千古英魂有花能折

有酒能傾否萬事悠悠輸一醉花酒休教離手明月西風闌珊酒盡憔悴花枝瘦酒腸花眼正宜年少時候

題闕

江湖落魄鬢成絲遥憶揚州風物十里樓臺簾半捲玉女香車鈿壁后土祠寒唐昌花盡誰弄瓊枝雪山川良是古來銷盡雄傑　落日烟水茫茫孤城殘角怨入清笳發岸艤扁舟人不寐柳外漁燈明滅半夜潮來一帆風送凛凛森毛髮乘流東下玉簫吹落殘月

壬戌秋泊漢江鴛鴦灘寄贈

露園漸冷又今年孤負中秋明月誰念江干憔悴我夢斷芙蓉城闕燕子東歸鴻賓南下滿眼蘆花雪行人何處也應珠淚凝睫　常記樓上歌聲一尊酒盡默默無言別恨殺鴛鴦灘下水不寄題詩紅葉聚淚鮫綃畫眉螺黛總在歸時節百年心事等閒休向人說

滿江紅

題呂仙祠飛吟亭壁用馮經歷韻

雲外孤亭空悵望烟霞仙客還試問飛吟詩句為誰留

别三入岳陽人不識浮生擾擾蒼蠅血道老精知向樹陰中曾來歇　松稱在虬枝結皮溜雨根盤月恨還丹不到後來豪傑塵世千年翻甲子秋空一劒横霜雪待他時携酒赤城遊相逢説

用前韻留别巴陵諸公　時至元十四年冬

行遍江南算只有青山留客親友間中年哀樂幾回離别棊罷不知人換世兵餘猶見川留血歎昔時歌舞岳陽樓緐華歇　寒日短愁雲結幽故壘空殘月聽閭閻談笑果誰雄傑破枕纔移孤館雨扁舟又泛長江雪要

烟花三月到揚州逢人說

庚戌春別燕城

雲鬟犀梳誰似得錢塘人物還又喜小牕虛幌伴人幽獨薦枕恰疑巫峽夢擧杯忽聽陽關曲問淚痕幾度浥羅巾長相續　南浦遠歸心促春艸碧春波綠黯銷魂無際後歡難卜試手牕前機織錦斷腸石上簪磨玉恨馬頭斜月減清光何時復

重陽後二日王彥文並利用秦山甫相過小飲

過了重陽寒慘慘秋陰連日尚何事滿城風雨漏天如

泣點染一林紅葉暗飄蕭三徑黃花溼聽敲門忽有客三人來相覓　時節好誇橙橘兒女喜分梨栗罄一尊聊慰老懷岑寂想像曾來神女賦傷心似失文通筆破殘年催釀酒如川長鯨吸

鄭都事復用前韻退訖所租學田

費盡長繩繫不住西飛白日客窓外滿庭秋草露蛩寒泣酒後看花空眼亂花前把酒從衣濕要一犂歸老作菟裘何難覓　仙客老巴園橘封萬户燕山栗且栽培松竹伴人孤寂豈有梁鴻高世志也無司馬題橋筆便

與君同訪洞庭春和雲吸

瑞鶴仙

登金陵烏衣園來燕臺

夕陽王謝宅對草樹荒寒亭臺欹側烏衣舊時客渺雙飛萬里水雲寬窄東風羽翅也迷却當時巷陌向尋常百姓人家孤負幾回春色　悽惻人空不見畫棟棲香繡簾窺額雲兜霧隔錦書至付誰拆劉郎只見慣金陵興廢贈得行人鬢白又爭如復到玄都免葵燕麥

沁園春

金陵鳳凰臺眺望

獨上遺臺目斷清秋鳳兮不還悵吳宮幽徑埋深花草晉時高塚銷盡衣冠橫吹聲沈騎鯨人去月滿空江鴈影寒登臨處且摩挲石刻徙倚闌干　青天半落三山更白鷺洲橫二水間問誰能心比秋來水靜漸教身似嶺上雲閒擾擾人生紛紛世事■何常不強顏重回首怕浮雲蔽日不見長安

保寧佛殿即鳳凰臺太白留題在焉宋高宗南渡嘗駐蹕寺中有石刻御書王荆公贈僧

詩云紛紛擾擾十年間世事何常不强顔亦欲心如秋水靜應須身似嶺雲閒意者當時南北擾攘國家蕩析磨盾鞍馬閒有經營之志百未一遂此詩若有深契於心者以自況予暇日來遊因演太白荆公詩意亦猶稼軒水龍吟用李延年淳于髡語也

又

我望山形虎踞龍盤壯哉建康憶黄旗紫盖中興東晉雕闌玉砌下逮南唐步步金蓮朝朝瓊樹宫殿吳時花

草香今何日尚寺留蕭姓人做梅妝　長江不管興亾
謾流盡英雄淚萬行問烏衣舊宅誰家作主白頭老子
今日還鄉弔古愁濃題詩人去寂寞高樓無鳳凰斜陽
外正漁舟唱晚一片鳴榔

　夜夢就樹摘桃噉之於中一枚甘苦覺而異之
　因為之賦

渺渺吟懷望佳人兮在天一方問鯤鵬九萬扶搖何力
蝸牛兩角蠻觸誰強華表鶴來銅盤人去白日青天夢
一場俄然覺正醯雞舞甕野馬飛塵　徜徉玩世何妨

更誰道狂時不得狂羨東方臣朔從容帝所西眞阿母喚作兒郎一笑人間三遊海上畢竟仙家日月長相隨去想蟠桃熟後也許偷嘗

監察師巨源將辟予為政因讀嵇康與山濤書有契於予心者就譜■謝

自古賢能壯哉飛騰老來退閒念一身九患天教寂寞百年孤憤日就衰殘麋鹿難馴金鑣縱好志在長林豐草閒唐虞世也曾聞巢許遁跡箕山　越人無用殷冠怕機事纏頭不耐煩對詩書滿架子孫可教琴樽一室

親舊相歡，況屬清時得延殘喘，魚鳥溪山任往還。還知否，有絶交書在，細與君看。

送按察司合道公赴浙東任

玉節星軺，十道監司，治稱最優。甚惠風纔到，豚魚亦信；清霜未降，狐兔先愁。鎮静洪都，澄清白下，又過東南第一州。雲烟底，看千嵒競秀，萬壑爭流。　離筵無計相留。謾慷慨中年白髮稠。記瓊花照眼，怱催詩筆；松燈促座，笑遞觥籌。放浪形骸，欣於所遇，負我蘭亭共一遊。心期在，想山陰興盡，和月回舟。

十二月十四日爲平章呂公壽

蓋世名豪壯歲鷹揚擁兵上流把金湯固守精誠貫日衣冠不改意氣橫秋北闕絲綸南朝家世好在雲間建節樓平章事便急流勇退黃閣難留

菟裘喜遂歸休著宮錦何妨萬里遊似謝安笑傲東山別墅鴟夸放浪西子扁舟醉眼乾坤歌鬟風霧笑折梅花插滿頭千秋歲望壽星光彩長照南州

呂道山左丞覲田過金陵別業至元丙子予識道山於九江今十年矣

流水高山，獨許鍾期最知伯牙愧我投木李得酬瓊玖

人驚玉樹肯倚蒹葭風雨十年江湖千里望美人兮天

一涯重攜手似仲宣去國江令還家　門前柳拂堤沙

便好繫天津泛斗槎看金鞍鬧簇花邊置酒玉盂旋洗

竹裏供茶朱雀橋荒烏衣巷古莫笑斜陽野草花寒食

近算人生行樂少住為佳

　　夜枕無夢感子陵太白事明日賦此

千載尋盟李白扁舟嚴陵釣車□故人偃蹇足加帝腹

將軍權幸手脫公靴星斗名高江湖跡在爛熳雲山幾

處遮山光裏有紅鱗旋斫白酒須賒　龍蛇起陸曾嗟且放我狂歌醉飲些甚人生貧賤剛求富貴天教富貴却騁驕奢乘興而來造門即返何必親逢安道耶兒童笑道先生醉矣風帽欹斜

風入松

詠紅梅將橙子皮作酒杯

使君高晏出紅梅腰鼓揭春雷更將紅酒澆濃艷風流夢不負花魁千里江山吴楚一時人物鄒枚　軟金杯襯硬金杯香挽洞庭田西溪不減東山興歡摇動北海

樽罍老我天涯倦客一杯醉玉先頹

天籟集卷下

蘭谷白朴太素著

風流子

丁亥秋復得仲常書有楚星燕月千里相望何時會合以副舊遊之語就譜此曲以寄之

花月少年場嬉遊伴底事不能忘楊柳送歌暗分春色天桃凝笑爛賞天香綺筵上酒杯金瀲灩詩卷墨淋浪閒裊玉鞭管□珂里醉携紅袖燈火□行　回首事堪傷溫柔竟處流落江鄉惆悵鬢絲禪榻眉黛吟窗甚杜

燕秋鴻十年無定楚星燕月千里相望何日故園行樂
重會風光

燭影摇紅

前事用吕東牕韻

三尺枯桐古來長恨知音少玉簫吹斷鳳樓雲此恨何
時了落日飛鴻聲悄[redacted]長江離魂浩渺[redacted]
[redacted]誰表　風雨紅稀夢回别院鶯啼曉一生孤
負看花心惆悵人空老待訪還丹瑞草駕飈輪蓬萊去
好又愁滄海恍惚塵揚難尋仙島

摸魚子

七夕用嚴柔濟韻

問雙星有情幾許消磨不盡今古年年此夕風流會香暖月牕雲户聽笑語知幾處彩樓瓜果祈牛女蛛絲暗度似抛擲金梭縈囬錦字織就舊[redacted]句　愁雲暮漠漠蒼烟掛樹人間心更誰訴擘釵分鈿蓬山遠一樣絳河銀浦烏鵲渡離别苦啼妝灑盡新秋雨雲屏且駐算猶勝姮娥蒼皇奔月只有去時路

真定城南異塵堂同諸公晚眺

敞青紅水邊牕外登臨元有佳趣薰風蕩漾昆明錦一片藕花無數纔欲語香暗度紅塵不到蒼烟渚多情鷗鷺儘翠蓋摇殘紅衣落盡相與伴風雨　横塘路好在吴兒越女扁舟幾度來去採菱歌斷三湘遠寂寞岸花汀樹天已暮更留看飄然月下凌波步風流自許待載酒重來淋漓醉墨為寫洛神賦

秋仲一日李具瞻侍御偕予過天慶觀訪蒲敬之都事既而登冶城藉草於蒼蒼萬玉中觴詠樂甚道官王默墮者在焉且盟其兩柏森立間

構亭為遊目騁懷之所翌日賦此記一時之槩

耳

望參差冶城烟樹故人知在琳宇繡衣來就論文飲隨意割雞炊黍歡樂處忘爾汝清談況有神仙侶一杯緩舉放遠目增明遥岑出翠俯仰幾今古　紅塵夢不到丹臺紫府尋真偶得佳趣兩株翠柏參天起千畝渭川烟雨君已許向此地結亭為我開牕户朝來暮去待細攬烟霞平分風月揮灑錦囊句

用前韻送敬之蒲君卜居淮上敬之自翰苑

蘄黄道宣慰幕官

聽西風細吟亭樹秋聲先到衡宇季鷹千里蓴鱸興更喜范張雞黍傾蓋處慙媿汝高樓不減烟霞侶匏樽笑舉對得意江山忘懷風月醉眼玩今古　鑾坡客又向紅蓮幕府田園何日成趣九重聞道思賢佐恐要濟時霖雨天若許從所好結廬相就開蓬户山人休去怕蕙帳空懸猿驚鶴怨貽笑草堂句

復用前韻

問誰歌六朝瓊樹當年春滿庭宇歌殘夜月西風起吹

動一川禾黍愁絕處[redacted]汝姑蘇麋鹿成羣侶清樽謾舉對淡淡長空蕭蕭喬木慷慨弔今古　生平苦走徧南州北府年來頗得幽趣綠蓑青笠渾無事醉臥一天風雨秋幾許沙渚上漁樵小隱隨編户[redacted]舟脫去望綺散餘霞江澄淨練還愛謝公句

木蘭花慢

燈夕到維揚

壯東南形勝淮吐浪海吞潮記此日江都錦帆巡幸汴水迢遥迷樓故應不見[redacted]瓊花底事也香消興廢幾更

王霸是非總付漁樵　誰能十萬更纏腰鶴馭儘飄飄正繡陌珠簾紅燈鬧影三五良宵春風竹西亭上拌淋漓一醉鮮金貂二十四橋明月玉人何處吹簫

題闕

聽鳴騶入谷怕驚動北山猿且放浪形骸支持歲月點檢田園先生結廬人境竟不知門外市塵喧醉後清風到枕醒來明月當軒　伏波勳業照青編薏苡又何寃笑蕞爾倭奴抗衡上國挑祻中原分明一盤棋勢謾教人著眼看師言為問鵾鵬瀚海何如雞犬桃源

覃懷北賞梅同參政西庵楊丈和奥敦周卿府
判韻
記羅浮仙子儼微步過山村正日暮天寒明裝淡抹來
伴[illegible]樽行雲黯然飛去悵參横月落夢無痕翠羽嘈嘈
樹杪玉鈿隱隱墻根　山陽一氣變冬溫真實不須論
滿竹外幽香水邊踈影直徹蘇門彷彿對花終日拌淋
漓襟袖醉昏昏折得一枝在手天涯幾度銷魂
復用前韻代友人宋子冶賦
望丹東沁北淡流水繞孤村對幾樹踈梅十分素艷一

曲芳樽誰堪歲寒爲友伴仙姿孤瘦雪霜痕翠竹森森
抱節蒼松落落盤根　銅瓶水滿玉肌溫此意與誰論
漸月冷芸牕燈殘紙帳夜悄衡門傷心杜陵老眼細看
來只似霧中昏頼有清風破鼻少眠浮動吟魂

王彥立所居南齋梅真隱庭中新作盤池同諸

公賦

渺高情公子得真隱信悠哉占上下壺天中間隙地鑿
破莓苔移將鑑湖寒影放微風灔灔翠奩開便有一番
荷芰都無半點塵埃　夜深明月晃閒階不負小亭臺

儘羅袖盛香碧筒吸露一洗胸懷紅蓮故家幕府看新詩題詠滿南齋好聽蕭蕭風雨老夫從此須來

丙子冬寄隆興呂道山左丞

憶元龍湖海樽俎地笑談間儘畫燭寒燒紅螺細捲沈醉更闌西風數聲笳鼓帳匡廬山下送征鞍秋水蘋花漸老曉霜楓葉初丹　滕王高閣倚江干極目楚天閒想畫棟朱簾朝雲南浦暮雨西山天涯倦遊司馬更幾時攜手一凭欄別後相思何處月明千里鄉關

戊子秋送合道監司赴任秦中兼簡程介甫按

察
倦區區遊宦便回棹謝山陰算誰似君侯蓴鱸有味富貴無心匆匆又移玉節恨相思何處更相尋渭北春天樹遠江東日暮雲深　峴花檣燕動悲吟把酒惜分襟問玉井蓮開三峰絶頂誰共登臨長安故人好在憶元龍名重古猶今說與英雄湖海應憐枯槁山林

己丑送胡紹開王仲謀兩按察赴浙右閩中任時浙憲置司於平江故有向吳亭句

擁煌煌雙節九萬里入鵬程愛人物鄒枚文章李杜海

內聲名相逢廣陵陌上恨一樽不盡故人情歲月奔馳飛鳥交遊聚散浮萍　出門一笑大江橫馬首向吳亭分路揚鑣七閩兩浙得意澄清江山賸供詩想徘徊南斗避文星留著調元老手却來同佐昇平

歌者樊娃索賦

愛人間尤物信花月與精神聽歌串驪珠聲勻象板咽水縈雲風流舊家樊素記櫻桃名動洛陽春千古東山高興一時北海清樽　天公不禁自由身放我醉紅裙想故國邯鄲荒臺老樹儘賦招魂青山幾年無恙但淚

痕羞比向來新莫要琵琶寫恨與君同是行人

為樂府宋生賦宋子壽香燕城好事者為渠寫

真手撚荼蘼一枝

展春風圖畫恍人世有神仙愛手撚荼蘼香閒韻遠襌袖垂肩東鄰幾番親見意丹青無地著嬋娟杏臉紅生曉暈柳眉翠點春妍　舞衫歌扇綺羅筵還我舊因緣儘金縷新聲烏絲醉墨共惜流年年來茂陵多病更玉琴淒斷鳳鸞弦（時方喪偶）留得一枝春在不妨絕倒尊前

題闕

快人生行樂捲江海入瑶觴對滿眼韶華東城南陌日
日尋芳吟鞭緩隨驕馬殢春風指點杏花墻時聽鶯啼
宛轉幾回蝶夢悠揚　行雲早晚上巫陽驀地惱愁腸
待玉鏡臺邊銀燈影裏細看濃妝風情自憐韓壽恨無
緣得佩賈充香説與慇懃青鳥暫時相見何妨

感香囊悼雙文

覽香囊無語謾流淚濕紅紗記戀戀成歡匆匆解佩不
忍忘他消殘半襟蘭麝向繡茸詩句映梅花踈影横斜
何處暗香浮動誰家　春霜底事掃濃華埋玉向泥沙

嘆物是人非虗迎桃葉誰偶匏瓜西風楚詞歌罷料芳
魂飛作碧天霞鏡裏舞鸞空在人間後會無涯

玉漏遲

題閼

故園風物好芳樽日日花前傾倒南浦傷心望斷綠波
春草多少相思淚點算只有青衫知道殘夢覺無人解
我厭厭懷抱　懊惱楚峽行雲便賦盡高唐後期誰報
玉杵玄霜著意且須重擣轉眼梅花過也又屈指春殘
燈閙妝鏡曉應念畫眉人老

叚伯堅同予留滯九江其歸也別侍兒畹香予

亦有感

畹香花正吐誰交付與東君為主夢覺廬山一片綵雲何所惆悵留題在壁麝墨染無窮愁緒常記取徘徊顧影鐙前低語　幾許欵客留情繫絆煞世間■兒女淪落天涯夜夜月明湓浦連我青衫淚滿料不忍孤帆東去離思苦休唱渭城朝雨

題闕

碧梧深院悄清明過也秋千閑了楊柳陰中又是一番

啼鳥人去瑤臺路遠孤負却花前歡笑音信杳西樓盡日凭欄凝眺　縹緲霧閣雲窗恨夢斷青鸞夜深寒悄簷玉敲殘睚得五更風小麝注金猊燼冷畫燭短銀屏空照芳徑曉惆悵落紅多少

江梅引

題闕

一溪流水隔天台小桃栽為誰開應念劉郎早晚得重來翠袖天寒憔悴損倚修竹■殘紅墮緑苔　怨極恨極愁更哀甚連環無計解百勞分背燕飛去雲樹蒼崖

[redacted]千里何處託幽懷溫嶠風流還自許後期杳[redacted]塵生玉鏡臺

秋色橫空本名玉耳墜金環秋色橫空盖前人詞首句遺山用以為名

贈虞美人草

兒女情多甚千秋萬古不易消磨拔山力盡英雄困垓下尚擁兵戈含紅淚顰翠蛾拌血污遊魂逐太阿草也風流猶美舞態婆娑　當時夜聞楚歌嘆烏騅不逝恨滿山河匆匆玉帳人東去耿耿素志無他黃陵廟湘水波記染竹成斑[redacted]舜娥又豈止虞兮無可奈何

詠梅順天張侯毛氏以太母命題索賦

搖落初冬愛南枝逈絶暖氣潛通含章睡起宮妝褪新妝淡淡丰容氷蕤瘦蠟蔕融便自有翛然林下風肯羨蜂喧蝶鬧艷紫妖紅　何處對花興濃向藏春池館透月簾櫳一枝鄭重天涯信腸斷驛使相逢關山路幾萬重記昨夜筠筒和淚封料馬首幽香先到夢中

石州慢

丙寅九日期楊翔卿不至書懷用少陵詩語

千古神州一旦陸沈高岸深谷夢中雞犬新豐眼底姑

蘇麋鹿少陵野老杖藜潛步江頭幾回飲恨吞聲哭歲暮意何如怯秋風茅屋　幽獨療飢賴有商芝暖老尚須燕玉白璧微瑕誰把閒情拘束草深門巷故人車馬蕭條等閒瓢棄樽無綠風雨近重陽滿東籬黃菊

鳳凰臺上憶吹簫

題闕

笳鼓秋風旌旗落日使君威震雄邊羡指麾貔虎斗印腰懸盡道多多益辦仗玉節亳邑新遷江淮地三軍耀武萬竈屯田　戎軒幾回□畫戟門庭珠履賓筵

慣雅歌堂上起舞樽前況是稱觴令節望醉鄉有酒如
川明年看平吳事了圖像凌烟

滿庭芳

屢欲作茶詞未暇也近選宋名公樂府黃賀陳
三集中凡載滿庭芳四首大槩相類互有得失
復雜用無寒删先韻而語意若不倫僕不揆狂
斐合三家奇句試為一首必有能辨之者

雅燕飛觴清談揮麈主人終夜留歡密雲雙鳳碾破縷
金團□品香泉味好須臾看蟹眼湯翻銀瓶注花浮兔

椀雪點鷓鴣斑　雙鬟微步穩春纖擘露翠袖生寒覺清風扶我醉玉頽山照眼紅紗畫燭吟鞭送月滿銀鞍歸來晚芸牕未寢相伴小妝殘

緑頭鴨

洞庭懷古

黯銷凝楚天風物凄清過黄陵山長水遠古今遷客傷情渺瀰澄波聚魚曲港浣紗人去掩紫荆洞庭晚荻花風細秋月照茅亭一壺酒澆平磊磈問甚功名　買扁舟安排歸去五湖烟景誰争等閒携美瓢西子悦惚遇皷

瑟湘靈看畫嫣顰聽殘雁奏莫雲江上數峰青艫樓底
香芹鮮鯽還似越中行閑身好浮家泛宅聊寄平生

永遇樂

至元辛卯春二月三日同李景安提舉遊杭州

西湖

一片西湖四時烟景誰暇遊遍紅袖津樓青旗柳市幾
處簾爭捲六橋相望蘭橈不斷十里水晶宮殿夕陽下
笙歌人散唱徹採菱新怨　金明老眼華胥春夢腸斷
故都池苑和靖祠前蘇公堤上謾把梅花撚青衫儘耐

濛濛雨濕更著小蠻針線覺平生扁舟歸興此中不淺

賀新郎

題闋

喜氣軒眉宇[illegible]盧郎風流年少玉堂平步車騎雍容光華遠不似黄糧逆旅料擻畫貂裘塵土便就莫愁雙槳去待經過蘇小錢塘渡畫圖裏看烟雨　一樽邂逅歌金縷望晴川鑪峰瀑布浪花溢浦老我三年江湖客幾度登臨弔古悵日暮家山何處別後江頭虹貫日想君還東觀圖書府天咫尺聽新語

讌瑶池

讌瑶池本名八聲甘州樂府八聲甘州名頗鄙俚予愛其法雅健因採東坡戚氏一篇稍加隱括使就新翻仍改其名

玉龜山阿母統羣仙幽閑志蕭然有金城千里瓊樓十二紫翠霏烟穆滿當時西狩八駿戲芝田駐蹕瑶池上命賜華筵　天樂雲璈鼎沸看飛瓊舞態醉飲留連漸月斜河漢霞綺布晴天望神州東回玉輦杏花風數里響鳴鞭長安近依稀柳色翠點秦川

垂楊

壬子冬薄遊順天張侯毛氏之兄正卿邀予往拜夫人既而留飲撰詞一詠梅以玉耳墜金環歌之一送春以垂楊歌之詞成惠以羅綺四端夫人大名路人能道古今雅好客自言幼時有老尼年幾八十嘗教以舊曲垂楊音調至今了然事與東坡補洞仙歌詞相類中統建元壽春榷場中得南方詞編有垂楊三首其一乃向所傳者然後知夫人真承平家世之舊也

關山杜宇[redacted]年年喚得韶光歸去怕上高城望遠烟水
迷南浦賣花聲動天街曉總吹[redacted]東風庭户正紗窻濃
睡覺來鶯翠蛾愁聚　一夜狂風橫雨恨西園媚景匆
匆難駐試把芳菲點撿鷺燕渾無語玉纖空折梨花撚
對寒食厭厭心緒問東君落花誰是主

西江月

題闕

白石空銷戰骨清泉不洗飛埃五雲多處望蓬萊鞭石
誰能過海　一夕神遊八表衆星光拱三台天公元不

棄非才坐我金銀世界

郭祐之得雄渠即賈治中婿

天上靈椿未老月中丹桂初花克闡佳慶儘堪誇聖善元來姓賈　廣座平分玉果絳巓剩拂丹砂從今人說細侯家自有青衫竹馬

題闕

過隙光陰流轉還丹歲月綿延幾人青髻對長年且鬬時間康健　四海幸歸英主三山免化飛仙大家有分占桑田近日蓬萊水浅

九江送劉牧之同知之杭

我自紉蘭爲佩君方剖竹分符才情風調有誰如彷彿三生小杜　置酒昔登峴首題詩今對匡廬青衫恨不到西湖共濕黄梅細雨

李元讓赴廣東帥幕

皎皎風前玉樹煌煌腰下金符陳琳檄草右軍書香滿紅蓮幕府　政自雄心撫劍不妨雅唱投壺長纓繫越在須臾看掃蠻烟瘴雨

漁父

世故重重戹網生涯小小漁船白鷗波底五湖天別是
秋光一片　竹葉醅浮緑釃桃花浪漬紅鮮醉鄉日月
武陵邊管甚陵遷谷變

浪淘沙

題闕

今古海山情月牖雲扃潛教小玉報雙成整頓羅衣料
歛出門外嫣迎　鐙暗酒微醒鬢亂釵橫一春心事語
叮嚀明夜閑衾容易泠誰復卿卿

題闕

青鎖幾窺容帶結心同臨鸞誰與畫眉峰自恨尋芳來
較晚孤負春紅　無物比情濃無計相從般勤心事若
為通留得青衫前日淚彈滿西風

題闕

行路古來難似得還山山間終是勝人間風月琴樽應
不羨塵土征鞍　何處老來閑白下長干一番春事又
瓓珊[redacted]

朝中措

題闕

燕忙鶯亂鬭尋芳誰得一枚香自是玉心皎潔不隨花柳飄揚　明朝去也燕南趙北水遠山長都把而今歡愛留教後日思量

題闕

娃兒十五得人憐金雀髻垂肩已愛盈盈翠袖更堪小小花鈿　江山在眼賓朋滿座有酒如川未便芙蓉帳底且教玳瑁筵前

題闕

田家秋熟辦千倉造物恨難量可惜一川禾黍不禁滿

地螟蝗　委填溝壑流離道路老幼堪傷安得長安毒手變教四海金穰

題闕

蒼松隱映竹交加千樹玉梨花好箇歲寒三友更堪紅白山茶　一時折得銅缾插看相暎烏紗明日扁舟東去夢魂江上人家

題闕

東華門外軟紅塵不到水邊村任是和羹傳鼎爭如漉酒陶巾　三年浪走有心遯世無地棲身何日團圞兒

女小窓鐙火相親

清平樂

詠木樨花

碧雲葉底萬點黃金蕊更看薔薇清露洗澤國秋光如水餘生牢落江南幽香鼻觀曾叅見說小山招隱夢魂夜夜雲嵐

詠水仙花

玉肌消瘦徹骨熏香透不是銀臺金盞酒愁殺天寒翠袖遺珠悵望江皐飲漿夢到藍橋露下風清月慘相

思魂斷誰招

李仁山檻中蟠桃梅

前村瀟灑雪徑人回駕一檻誰移春造化鬱鬱香浮月下　青綾半護冰姿宛然臨水開時說與綠毛么鳳不妨倒挂虬枝

李仁山次韻自注蟠桃來自杭和靖詩句得于孤山也

瑶英輕灑姑射飄仙駕巧奪孤山能變化天矯飛來白下　絕憐玉骨清姿不隨紅紫芳時要識天然標

格竹籬茅舍橫枝

題闕

箜篌朱字夢覺叅差是不種仙家白玉子著甚消[illegible]好事　桃花門外重重一言半語相通縈損題詩崔護幾回南陌春風

題闕

朱顏漸老白髮添多少桃李春風渾過了留得桑榆殘照　江南地迥無塵老天一片閒雲戀殺青山不去青山未必留人

同施景悅賭雙陸不勝戲作

閒尋博奕飽飯消長日自笑家儲無甔石百萬都教一擲　平生酒聖詩豪韋娘局上相嘲今日風流磨折翠裘輸與絁袍

點絳唇

題闕

翠水瑶池舊遊曾記飛瓊伴玉笙吹斷總作空花觀夢裏關山淚浥羅襟滿離魂亂一鐙幽幔展轉秋宵半

小桃紅

歌姬趙氏常為友人賈子正所親攜之江上有數月留後予過鄧徑來侑觴感而賦此俾即席歌之

雲鬟風鬢淺梳粧取次樽前唱比着當時[redacted]江上減容光故人別後應無恙傷心留得軟金羅袖猶帶賈充香

踏莎行

詠雪

凍結南雲寒風朔吹紛紛六出飛花墜海仙剪水看施

工仙人種玉來呈瑞　梅蕚清香竹梢點地畫欄倚濕
湖山翠先生方喜就烹茶銷金帳裏何人醉

浣溪沙

酒間贈金禪師時近六旬頭白如雪

世事方艱便猛回叢筠佳處得栽培花光別有一枝梅
頭似雪盈邪復添心如風篆也無灰生前相遇且啣
杯

蘭谷詞源出蘇辛而絶無叫囂之氣自是名家元人擅此者少當与張蛻菴稱雙美可与知者道也

康熙庚辰八月既望江湖載酒詞客朱彝尊校過

蘭谷先生集環溪王皜重校並手書始康熙戊子早春至己丑冬補成全卷風晨月夕時一披吟如對先生絶塵邁俗之標格也書隱不傳已數百載吾友希洛氏一旦命工鏤版與天下後世共之洵

快舉哉庚寅歲花朝識於拙宜園之東軒

撫遺目錄

雙調

大石調

雙調

越調
天淨紗見陽春白雪前集第五卷
小石調
惱煞人見陽春白雪後集第六卷
仙呂
寄生草以下見堯山堂外紀
雙調
沉醉東風
仙呂

醉中天

中吕

陽春曲即喜春來

一乙二

摭遺

雙調

喬木查

對景

海棠初雨歇，楊柳輕烟惹，碧草茸茸鋪四野。俄然回首處，亂紅堆雪。么 恰春光也，梅子黃時節，映日榴花紅似血，胡葵開滿院，碎剪宮纈。（嘯餘譜作蜀葵開滿院剪碎宮纈）序 倏忽早庭梧墜，荷蓋缺，院宇砧韻切，蟬聲咽，露白霜結，水冷風高，長天雁字斜，秋香次第開徹。么 不覺的冰厮結，彤雲布朔風凛冽亂撲吟牕謝女堪題柳絮飛玉砌長郊萬里粉污遥山千疊去路賒漁叟散披蓑[redacted]江上清絕幽悄閒庭舞榭歌樓酒力怯人在水晶宮闕［么］歲華如流水消磨盡自古豪傑蓋世功名總是空方信花開易謝始知人生多別憶故園謾嘆嗟舊遊池館翻做了狐蹤兔穴休痴休呆蝸角蠅頭名親共利切富貴似花上蝶春宵夢說［尾］少年枕上歡杯中酒好天良夜休孤負了錦堂風月

大石調

青杏子

詠雪

空外六花翻被大風灑落千山窮冬節物偏宜晚凍凝沍沚寒侵帳幕冷濕闌干【歸塞北】貂裘客嘉慶捲簾看好景畫圖收不盡好題詩句詠尤難疑在玉壺間【好觀音】富貴人家應須慣紅爐煖不畏初寒（嘯餘譜作嚴寒）開宴邀賓列翠鬟拌酡顏暢飲休辭憚　勸酒佳人擎金盞當歌者歛撒香檀歌罷喧喧笑語繁（嘯餘譜作羅綺交襟笑語繁）夜將闌畫燭銀光燦【結音】似覺筵間香風散香風散非麝非

蘭醉眼朦騰問小蠻多管是南軒臘梅綻

雙調

慶東原

題閼

忘憂草含笑花勸君聞早冠宜掛那里也能言陸賈那里也良謀子牙那里也豪氣張華千古是非心一夕漁樵話

黄金縷碧玉簫温柔鄉裏尋常到青春過了朱顔漸老白髮彫騷則待强簪花又恐傍人笑

暖日宜乘轎春風宜訊馬恰寒食有二百處秋千架對人嬌杏花撲人飛柳花迎人笑桃花來往畫船邊招颭青旗掛

駐馬聽

吹

裂石穿雲玉管宜橫清更潔霜天沙漠鷓鴣風裏[redacted]偏斜鳳凰臺上暮雲遮梅花驚作黃昏雪人靜也一聲吹落江樓月

彈

雪調氷絃十指纖纖温更柔林鶯山溜夜深風雨落絃
頭蘆花岸上對蘭舟哀絃恰似愁人消瘦淚盈眸江州
司馬别離後

歌

白雪陽春一曲西風幾斷腸花朝月夜箇中惟有杜韋
娘前聲起徹遶危梁後聲並至銀河上韻悠揚小樓一
夜雲來往

舞

鳳髻蟠空嫋娜腰肢温更柔輕移蓮步漢宫飛燕舊風

流謾催鼉鼓品梁州鷓鴣飛起春羅袖錦纏頭劉郎錯認風前柳

得勝樂

麗日遲和風習共王孫公子遊戲醉酒淹衫袖濕簉花壓帽簷低春○酷暑天葵榴發噴鼻香十里荷花蘭舟斜纜垂楊下只宜鋪枕簟向涼亭披襟散髮夏○玉露冷蛩吟砌聽落葉西風渭水嘯餘譜作玉露冷冷吟砌落葉西風渭水蛩寒雁兒長空嘹唳陶元亮醉在東籬秋○客布雲初交臘偏宜去掃雪烹茶羊羔酒添價膽瓶內溫水浸梅花冬

獨自寢難成夢睡覺來懷兒裏抱空六幅羅裙寬褪玉腕上釧兒鬆○獨自走踏成道空走了千遭萬遭肯不肯疾些兒通報休直到教擔閣得天明了

紅日晚遥天暮老樹寒鴉幾簇咱為甚[redacted]頻覷怕有那新雁[redacted]飛來書

紅日晚残霞在秋水共長天一色塞雁兒呀呀的天外怎生不稍帶箇字兒來

越調

天淨紗

春山暖日和風闌干樓閣簾櫳楊柳秋千院中啼鶯舞
燕小橋流水飛紅春○雲收雨過波添樓高水冷瓜甜
綠樹陰垂畫簷紗厨藤簟玉人羅扇輕縑夏○孤村落
日殘霞輕烟老樹寒鴉一點飛鴻影下青山綠水白草
紅葉黄花秋○一聲畫角樵門半亭新月黄昏雪裏山
前水濵竹籬茅舍淡烟衰草孤村冬
暖風遲日春天朱顔綠鬢芳年挈榼攜壺跨蹇溪山佳
處好將春事留連春○參差竹筍抽簪纍垂楊柳攢金
旋趓庭槐綠陰南風解慍快哉消我煩襟夏○庭前落

盡梧桐水邊開徹芙蓉解與詩人意同辭柯霜葉飛來就我題紅秋○門前六出花飛樽前萬事休提為問東君消息急教人探小梅江上先知冬

小石調

惱煞人

題闕

又是紅輪西墜殘霞照萬頃銀波江上晚景寒烟霧濛濛風細細阻隔離人蕭索么宋玉悲秋愁悶江淹夢筆寂寞人間豈有嘯餘譜作無成與破想別離情緒世界裏只

有俺一箇【伊州遍】為憶小卿牽腸割肚悽惶悄然無底末受盡平生苦天涯海角身心無箇歸著恨馮魁趨恩奪愛狗倖狼心全然不怕天折挫到如今刻地喫躭閣禁不過更那堪晚來暮雲深鎖【么】故人杳杳長江風送聽胡笳瀝瀝聲韻聒一輪皓月朗幾處鳴榔時復唱和漁歌轉無那沙汀蓼岸一點漁鐙相照寂寞古渡停畫舸雙生無語淚珠落呼僕隸指撥水手在意扶柁【尾】蘭舟定把蘆花過櫓聲省可里高聲和恐驚散宿鴛鴦兩分飛也似我

仙呂

寄生草

勸飲

長醉後方何礙不醉時有甚思糟醃兩箇功名字醅渰千古興亡事麯埋萬丈虹蜺志不達時皆笑屈原非但知音盡說陶潛是

（嘯餘譜作不醒時）

雙調

沉醉東風

漁父

黃蘆岸白蘋渡口綠楊隄紅蓼灘頭雖無刎頸交却有忘機友點秋江白鷺沙鷗傲殺人間萬户侯不識字烟波釣叟

仙呂

醉中天

佳人臉上黑痣

疑是楊妃在逃脱馬嵬災嘯餘譜作怎脱曾與明皇捧硯來美臉風流殺叵奈揮毫李白覷著嬌態灑松烟點破桃腮

朝野新聲第五卷謂杜遵禮作亦小不同云好似楊妃在逃脱馬嵬災曾向宮中捧硯臺堪伴讀書客叵耐無

情的李白醉拈斑管
灑松烟點破桃腮

中呂

陽春曲

詠情

笑将紅袖遮銀燭不放才郎夜看書相偎相抱取歡娛
止不過趕應舉及第待何如 又 百忙裏鉸甚鞋兒樣寂
寞羅幃冷串香向前摟定可憎娘止不過趕嫁粧誤了
又何妨

蘭谷先生天籟集至元丁亥王西溪為作序已云二百篇集内有戊子至辛卯作者可知尚有增益今傳一百八篇散軼多矣無已姑掇拾他書所載套數小令編附卷末昔陶南村先生云金季國初樂府猶宋詞之流也海内不乏具眼人其亦有取於斯乎戊子冬仲雪蘿真隱楊友敬識

先生自定詞編久逸其半希洛十載購求殊不可得因採錄集外諸篇意猶未慊頃與余商榷讀書坡應論世為之博稽史乘傍參百家編列年譜兼撰音訓

他日補刊足稱善本庚寅三月廿學弟王暠記

蘭苔先生絕妙詞箋

同蔓草廿離披共

亟致訂光梨棗風雅

傳鐙彰主持

揚搉學弟姜頜彩

檃括蘭亭序

錢塘洪　昇昉思

【雙調新水令】永和癸丑暮春期向蘭亭水邊修禊羣賢欣畢至少長喜咸集勝事追陪這一答會稽地【駐馬聽】淺瀨清溪曲水流觴相映碧崇山峻嶺茂林修竹翠成堆雖無絲竹管絃催一觴一詠多佳致聚良朋列坐席幽情暢敘歡今日【雁兒飛】碧沉沉天開氣朗清暖溶溶日淡風和惠騁胸懷仰觀宇宙空極視聽俯察羣生細【得勝令】呀這其間樂事少人知又只恐良會易收拾想

人生有時節披懷抱清言一室中有時節放形骸獨把千秋寄難也麽齊論取舍途多異還悲紛紛靜躁岐【沽美酒】當其遂所遇欣然心自怡忘老至暫時快於已投至得興倦情隨事勢移猛回頭念起不覺的感慨繫之矣【太平令】俛仰間皆為陳迹不由人興懷不已況修短百年無幾隨物化總歸遷逝古今來生兮死兮這根由大矣呀怎不教痛生悲欷【收江南】呀須知道死生殊路不同歸彭殤異數豈能一細尋思等觀齊量總虛脾試由今視昔怕後來人亦將有感在斯集

稗畦文近代詞家第一流他日邂逅白門相得歡甚時方刻長生殿傳奇為余校勘天籟集又命門人金子書扇貽余則其所為蘭亭詞殊多佳趣也期余重遊湖上事羈弗果數載以來音問不一蒹葭白露大都不在烟火中矣刻天籟工畢因撿出雕版以公同好兼志聚散之感云雪蘿隱人楊友敬題

黄絹幼婦詞得吾又瞻其書遂成合璧流傳宇内幸皆寶畜之

研東沈孔記

稗畦填詞四十餘種自謂一生精力在長生殿竹垞檢討序而傳之謂元人雜劇如白仁甫幸月宮梧桐雨等作後人自當引避譬登黃鶴樓豈可復和崔顥詩然善書者必草蘭亭善畫者多仿清明上河圖就其同而不同乃見矣雪蘿与稗畦雅相善嘗共商訂天籟集其服膺仁甫甚至亟慫恿版行迨今工竣而稗畦竟沒於水不及見雪蘿深慨于中並乞環溪録其所為蘭亭詞刊附卷終其諸掛劍之意欤余又攷元人周挺齋類編曲名雙調均德勝令鴈兒落天台陶氏所記正同今德作得落作飛為向來傳寫之誤無疑矣庚寅夏五徐材仲堪題于東山墅之竹深處